❶樺太敷香通信隊での勤務（昭和15年１月）。

イ16

❷潜水艦伊16号の雄姿。昭和15年3月9日、広島湾阿多田島沖において全力23.6ノットで終末公試中。

❸

❹

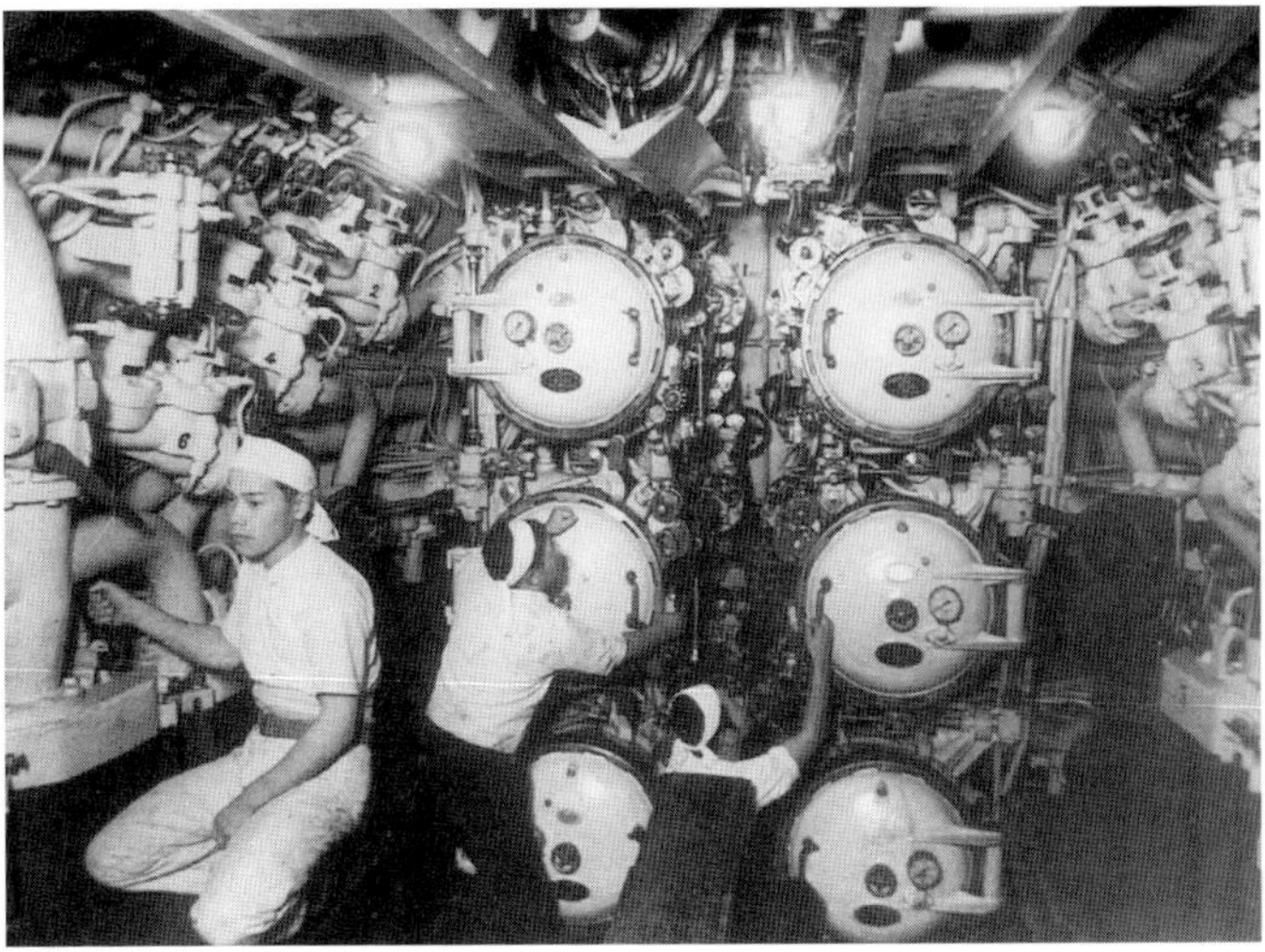

❺

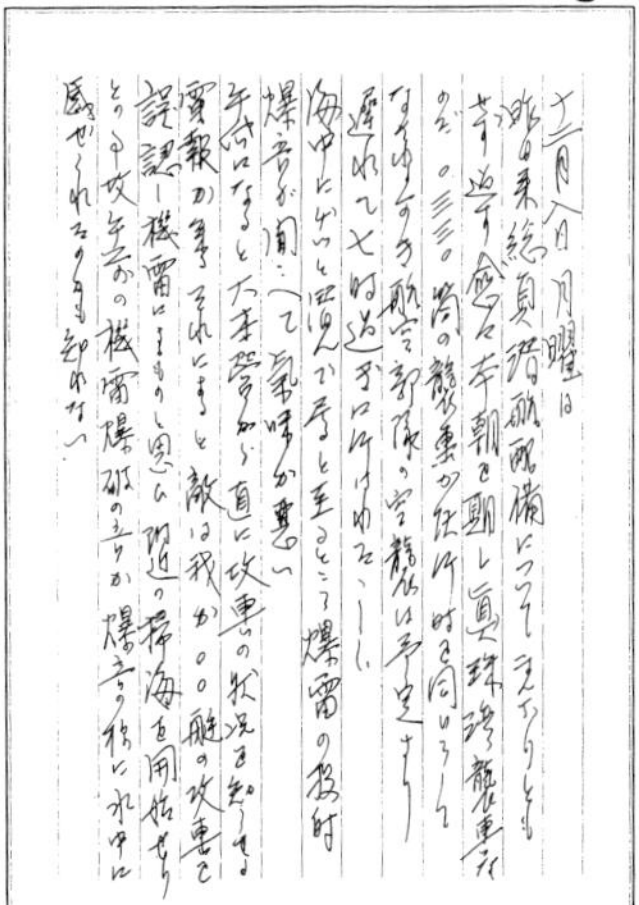

❻

❸潜水艦伊16号と同型（丙型）伊47号の艦橋付近。
❹本文中には筒と称されている特殊潜航艇の甲標的。
❺伊16号と同型（丙型）伊53号の艦首部の魚雷発射室。伊16号は8門を装備し、搭載魚雷数も20本であった。
❻石川幸太郎自筆の『陣中日誌』より。昭和16年12月8日月曜日の条。

❽ ❼

❾

❿

❼横須賀海兵団入団（分隊班）。掌電信兵として三ヵ月間、厳しい訓練を受ける（昭和8年5月）。3列目右端、親友小林長作、4人目、石川幸太郎。

❽伊16号の艦上、水雷の兵隊が潜望鏡で写す（昭和16年2月11日、東京湾にて）。3列目左から2人目が石川幸太郎。

❾看護婦時代のうめの（昭和13年3月23日、東京世田谷の百瀬医院にて）。前列右から2人目。

❿長女ルイ子の思い出の西洋人形を抱くうめの（昭和14年12月4日）。

⑪つかぬ間の家庭生活（昭和18年4月、鎌倉にて）。幸太郎二十六歳、次女純子六ヵ月、うめの二十六歳。幸太郎が右腕に付けているのは通信優等徽章。

潜水艦伊16号 通信兵の日誌

石川幸太郎

草思社文庫

潜水艦伊16号　通信兵の日誌　目次

関係資料

口絵写真提供：❷❸❺＝月刊「丸」 ❹＝今日の話題社
❼＝小林長作 ❽＝角田幸太郎 ❶❻❾❿⓫＝石川純子
図版資料提供：今日の話題社
地図制作：千秋社 図版トレース：板垣正義

例言

一、本書は石川幸太郎の陣中日誌による。刊行に当たっては次のような整理を行った。
一、仮名遣いについては、旧仮名を新仮名に、漢字は旧字体を新字体に改めた。
一、原本は公刊を期して書かれたものでないので表記にかなりの不統一がある。明らかに誤字、誤記と思われるものは改めた。例、梅野→うめの、恵美子→ゑみほなど。
一、地名が漢字で表記されているもので難読と思われるものはカタ仮名に改めた。例、布哇→ハワイ、星港→シンガポールなど。
一、副詞、接続詞は漢字を仮名に改めたものがある。尚→なお、然し→しかしなど。
一、原文の動詞は漢字が多く、送り仮名がついていないが（当る、終るなど）、読みやすくするために送り仮名をつけたものがある（向かう、集まるなど）。
一、複合動詞は送り仮名をつけたものが多い。例、飛び出す、思い出すなど。
一、数字の表記は百、一〇〇のように両方を併用した。
一、（　）は原注であり、〔　〕は編集部（小林康欽）の注である。また伊一六潜関係のことについては、伊一六潜の通信兵であった角田幸太郎氏におうかがいした。
一、文中の○○は伏字であるが、判明したものは〔　〕で注をつけた。
一、意味のないと思われる「　」は割愛し、句読点は適宜打った。また改行、行の接続も行った。
一、章のタイトル、小見出し、そしてルビは編集部で付した。
一、なお本文中には、今日、不適切な表現とされている箇所が散見されるが、戦時中の記録を正確に残すという意味からそのままにし、削除することはしなかった。

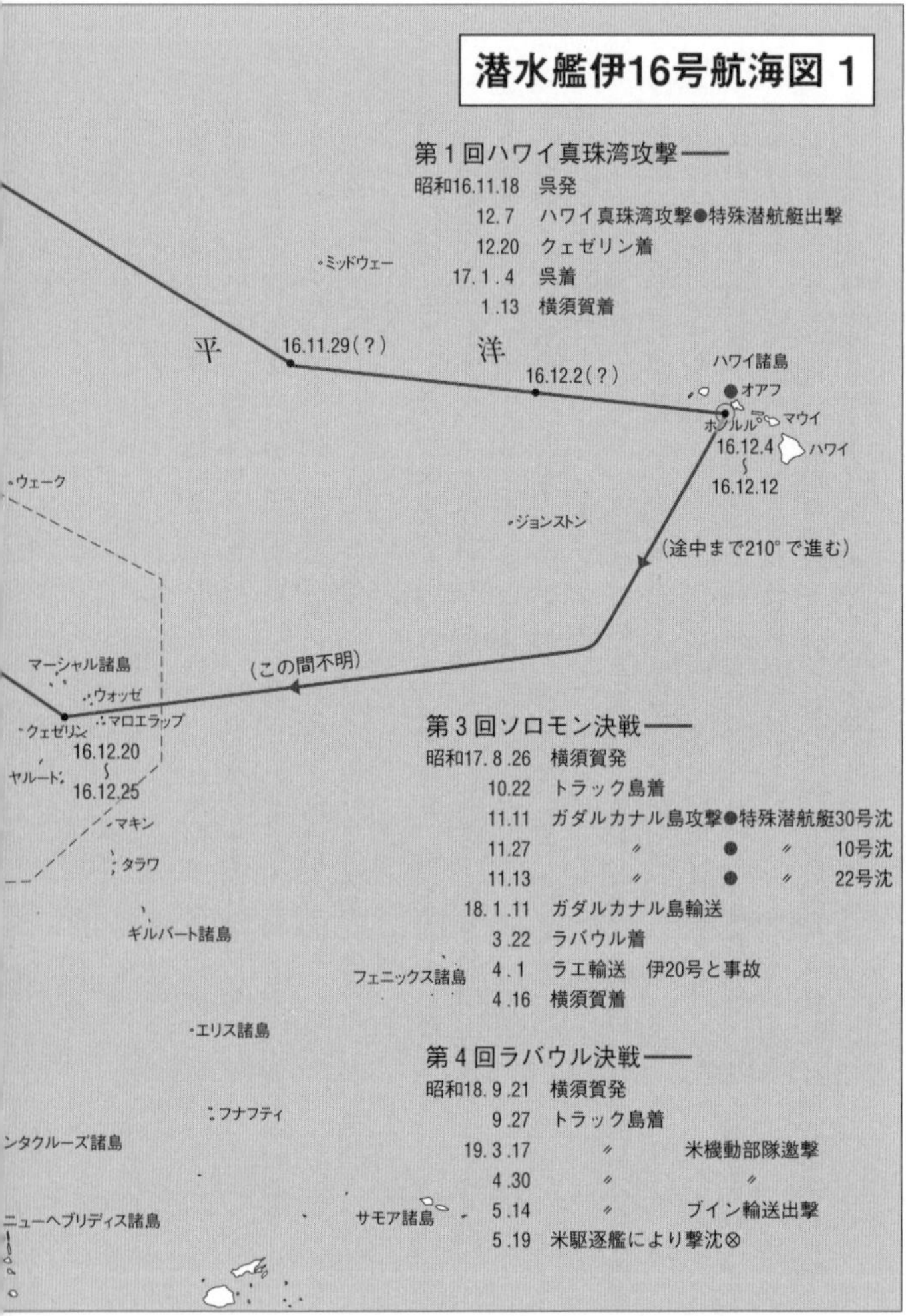
潜水艦伊16号航海図 1
第1回ハワイ真珠湾攻撃――
昭和16.11.18　呉発
12.7　ハワイ真珠湾攻撃●特殊潜航艇出撃
12.20　クェゼリン着
17.1.4　呉着
1.13　横須賀着
ミッドウェー
平
洋
16.11.29(?)
16.12.2(?)
ハワイ諸島
オアフ
ホノルル
マウイ
ハワイ
16.12.4
〜
16.12.12
ウェーク
ジョンストン
(途中まで210°で進む)
(この間不明)
マーシャル諸島
ウォッゼ
マロエラップ
クェゼリン
16.12.20
〜
16.12.25
ヤルート
マキン
タラワ
ギルバート諸島
第3回ソロモン決戦――
昭和17.8.26　横須賀発
10.22　トラック島着
11.11　ガダルカナル島攻撃●特殊潜航艇30号沈
11.27　〃　●　〃　10号沈
11.13　〃　●　〃　22号沈
18.1.11　ガダルカナル島輸送
3.22　ラバウル着
4.1　ラエ輸送　伊20号と事故
4.16　横須賀着
フェニックス諸島
エリス諸島
第4回ラバウル決戦――
昭和18.9.21　横須賀発
9.27　トラック島着
19.3.17　〃　米機動部隊邀撃
4.30　〃　〃
5.14　〃　ブイン輸送出撃
5.19　米駆逐艦により撃沈⊗
フナフティ
ンタクルーズ諸島
ニューヘブリディス諸島
サモア諸島

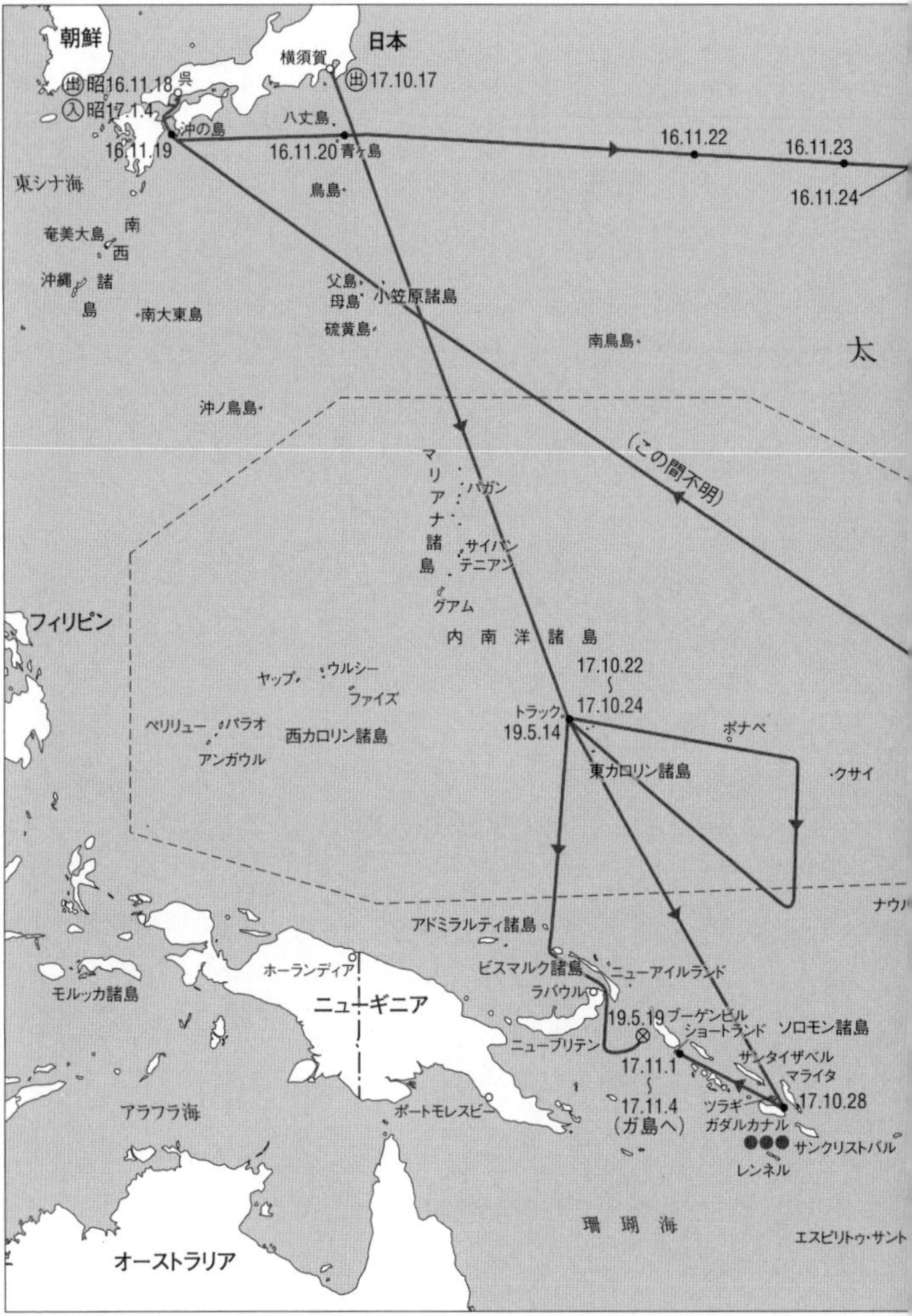

朝鮮
日本
横須賀
出 17.10.17
出 昭16.11.18 呉
入 昭17.1.4
沖の島
16.11.19
八丈島
16.11.20 青ヶ島
16.11.22
16.11.23
16.11.24
東シナ海
鳥島
奄美大島
南西諸島
沖縄
南大東島
父島
母島
小笠原諸島
硫黄島
南鳥島
太
沖ノ鳥島
(この間不明)
マリアナ諸島
パガン
サイパン
テニアン
グアム
フィリピン
内南洋諸島
ヤップ
ウルシー
ファイズ
17.10.22
17.10.24
トラック
19.5.14
ペリリュー
パラオ
アンガウル
西カロリン諸島
ポナペ
東カロリン諸島
クサイ
ナウル
アドミラルティ諸島
ビスマルク諸島
ニューアイルランド
ホーランディア
モルッカ諸島
ラバウル
ニューギニア
19.5.19
ブーゲンビル
ショートランド
ソロモン諸島
ニューブリテン
サンタイザベル
マライタ
17.11.1
17.11.4
(ガ島へ)
ツラギ
17.10.28
ガダルカナル
サンクリストバル
レンネル
アラフラ海
ポートモレスビー
珊瑚海
エスピリトゥ・サント
オーストラリア

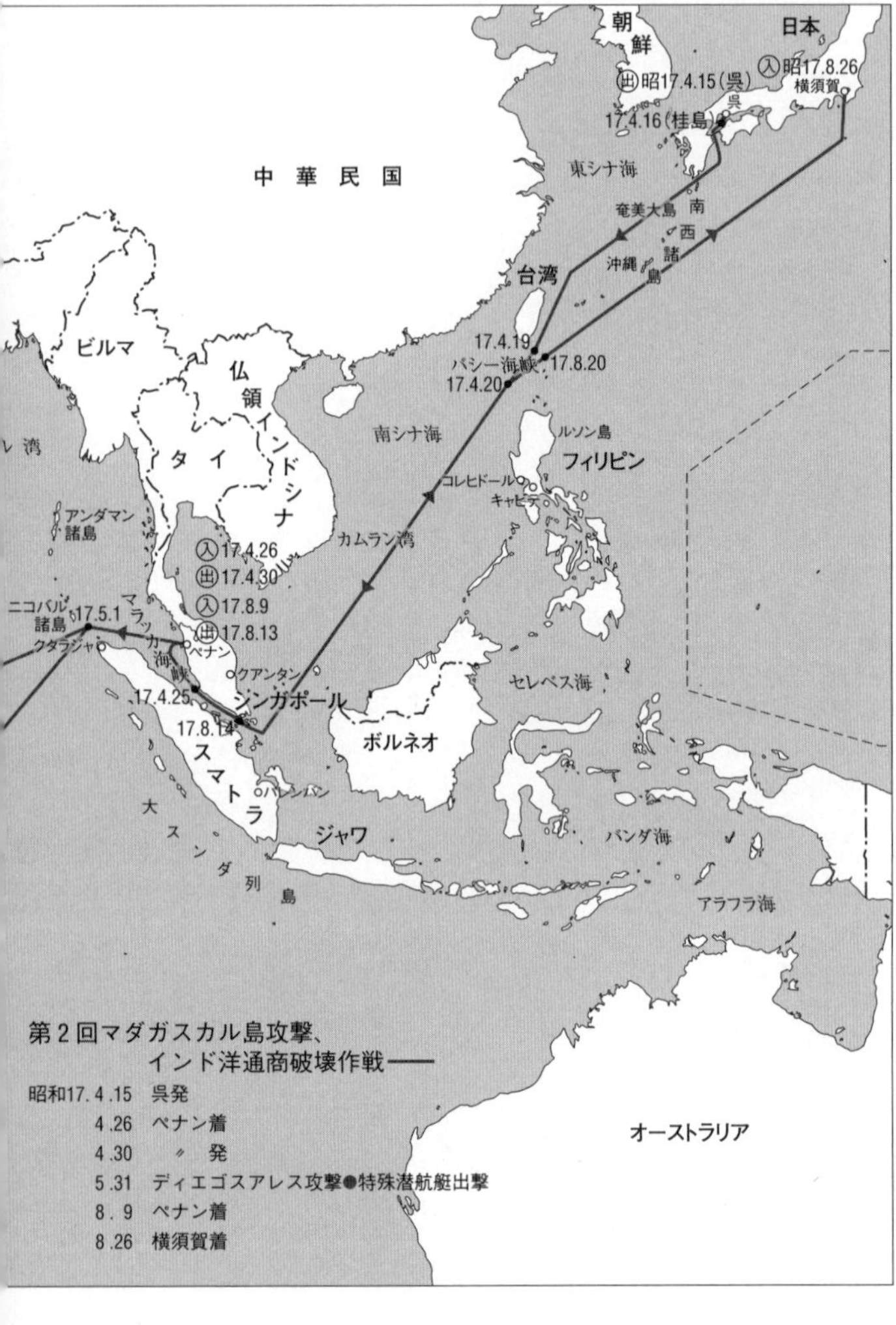

第２回マダガスカル島攻撃、
インド洋通商破壊作戦——

昭和17. 4 .15　呉発
4 .26　ペナン着
4 .30　〃　発
5 .31　ディエゴスアレス攻撃●特殊潜航艇出撃
8 . 9　ペナン着
8 .26　横須賀着

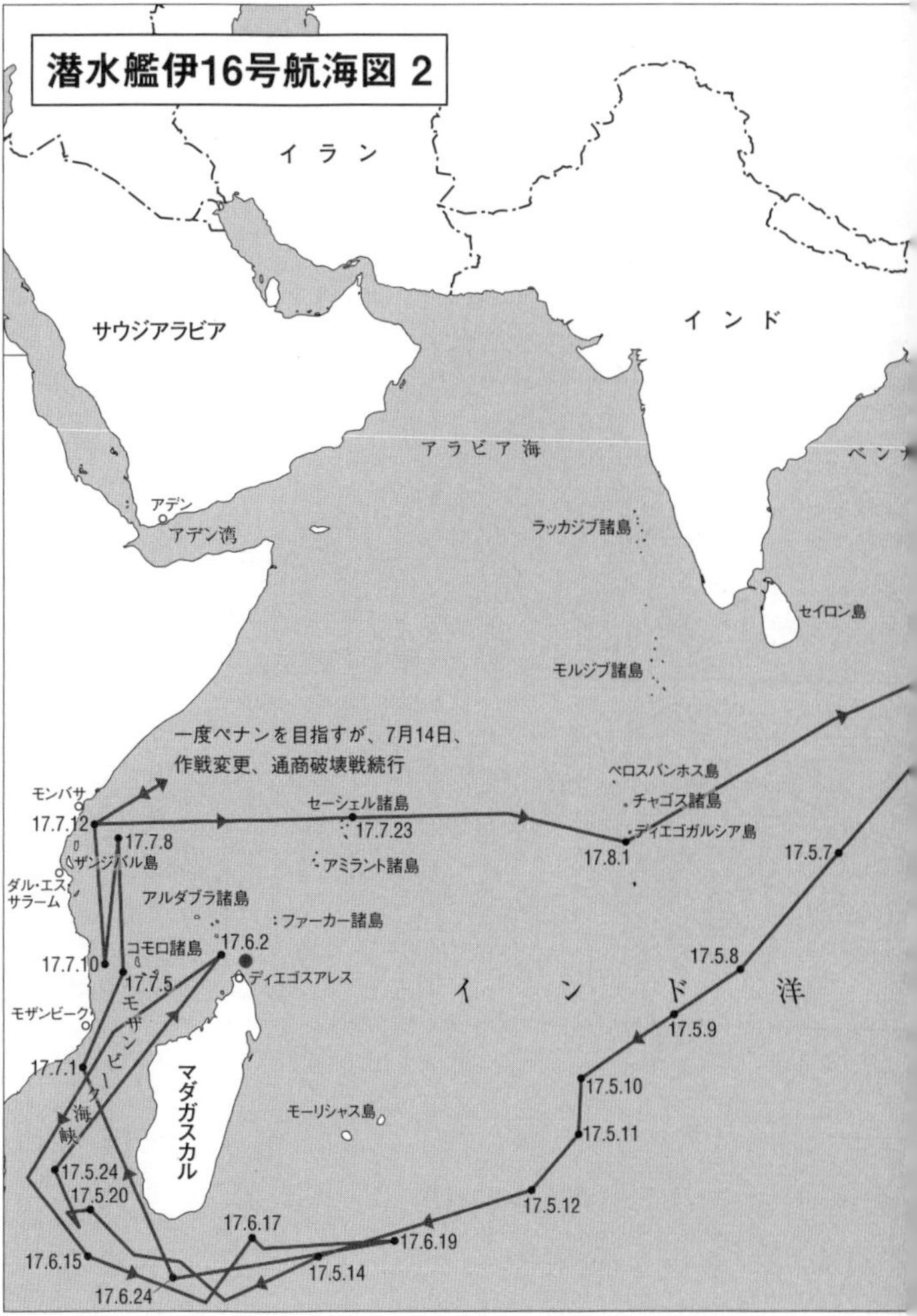
潜水艦伊16号航海図 2
イ ラ ン
サウジアラビア
イ ン ド
アラビア海
ベンガ
アデン
アデン湾
ラッカジブ諸島
セイロン島
モルジブ諸島
一度ペナンを目指すが、7月14日、
作戦変更、通商破壊戦続行
ペロスバンホス島
チャゴス諸島
ディエゴガルシア島
モンバサ
セーシェル諸島
17.7.12
17.7.8
17.7.23
17.8.1
17.5.7
ザンジバル島
アミラント諸島
ダル・エス・サラーム
アルダブラ諸島
ファーカー諸島
コモロ諸島
17.6.2
17.7.10
17.7.5
ディエゴスアレス
17.5.8
イ ン ド 洋
モザンビーク
モザンビーク海峡
17.5.9
17.7.1
マダガスカル
17.5.10
モーリシャス島
17.5.11
17.5.24
17.5.20
17.5.12
17.6.17
17.6.19
17.6.15
17.5.14
17.6.24

潜水艦伊16号　通信兵の日誌

一、再びこの陣中日誌を手にとりて読み返す日があれば、それは奇蹟にほかならない。

一、二度三度、内地よりの出撃の回数が多くなるに従って、最初ハワイ海戦に出動するときのような、涙の出るような感激が少なくなってくる。最後には、無神経的動物に還元するのではあるまいか。

一、この一冊目の日誌の終る前後に一人の子の父となるべき運命にある自分である。あるいは現在はもう妻の手に抱かれているのかも知れない。覚悟はちゃんとできていると自負しているものの、「子供の顔を一目見てから」と思う心の矛盾は未練なのか？

最後さえ立派であれば本望だが果して？

従容《しょうよう》　死に就くは難《かた》しか。

死生命あり。

第一章

ハワイ真珠湾攻撃へ

波浪高く艦体の動揺猛烈なり

昭和十六年十一月十七日〔月曜日〕より認《したた》む

明十八日はいよいよ作戦地へ向けての晴れの征途に就くのだ。約二十日間、〇〇にて臨戦準備を急いだ結果、今はまったく成り、満を持していつ巻き起らんかも知れぬ太平洋の海戦。目指すは米国、艦中の意気はまさに天を衝くのいきおいである。

最後の日の今日、乗員一同服装を改めて亀山神社に武運祈願に参拝する。大君に捧げし命なれば、もとよりいつどこで果てよとさらに悔いなけれど、なおかつ武運の長久ならんことを祈る。

父よ、姉よ、妻うめのよ、皆々様、いつまでも達者で過さんことを祈っております。うめのよ、手紙でも申し伝えたとおり独りの父親なれば、よく孝養を尽してくれよ。お前が父に尽してくれさえすれば、小生も安心して立派な働きをなし、立派な手柄を立てて帰ることができるのだ。しっかり銃後の守り、後顧の憂いのなからんように努めてくれ――。

洗濯物も出港前に全部すみ、不要の物品は全部焼却す。日用の不自由品もなし。サバサバしたようで気持がよい。

陸上の夜の最後の灯、赤いのや青いのや、これが見納めになるかも知れぬと思うとそぞろ郷愁の念が起る。

　　永かれと祈る心も大君に
　　　つくす誠の限りなければ

父より贈らる

十一月十八日　火曜日　出征

午前十時、○○〔呉〕港を抜錨《ばつびょう》、○○を期しての○○○の重大任務を帯びて出征の途に就く。

一二〇〇〔十二時、正午〕、安芸灘《あきなだ》に集合して秘密裡に重要兵器を搭載、各艦長等の作戦打合せ等終って総員集合。艦長より力強き訓示をなされる。

「矢はすでに弦をはなされた。われわれ伊一六潜乗員八十名の者は一丸となって敵を目がけて突進せねばならぬ。われらの行動は○○以前においての敵地潜入であるから、まったくの隠密の行動でなくてはならぬ……。

しかして今次、日米海戦初頭の戦史を飾らねばならぬ。戦争に『待った』なし、万全を期して目的達成まで、またその後といえども緊張して思わぬ不覚は決してとらぬよう云々」

われわれの身内の緊張するを覚ゆる。なお艦長の訓示が終りて先任将校より細部にわたる警戒、見張、衛生その他に関する注意あり。終って出港用意。

二〇〇〇〔午後八時〕、いよいよ祖国日本を最後の見納めとして船はすべり出す。上甲板にて皆去りやらず、暗くなった海上に薄ぼんやりと浮ぶ山々を眺めている。

竜田丸、氷川丸、大洋丸にて最後の邦人も引き揚げた。いつの日か、宣戦の大詔、布告されん日ぞ。その日こそわれらが第一番に敵の大物を血祭りにあげる日なのだ。勇しさからわれらの血湧き肉躍る〔出港に当り特別攻撃隊司令より左の信号あり〔後の玉砕戦法の特別攻撃隊、すなわち特攻隊とは別である。二七四〜二七五頁参照〕〕。

祖国を去るに当り、諸君の征途を祝し御健闘を祈る。

十一月十九日　水曜日

〇四四〇〔午前四時四十分〕沖ノ島南方通過、太平洋に出《い》づ。針路五〇度、うねり相当高きも天候快晴なり。夕べは空電非常に甚大にして〇〇〔東京〕通信隊よりの電報受信に困難した。ちょうど跳躍距離にも当るならん。感度もやたらと低かった。

〇八〇〇〔午前八時〕、試験潜航、二〇メートル、四〇メートルの深度にて各部の作動検査、漏水《ろうすい》箇所《かしょ》調査等をなす。終ってから兵員室にて先任将校より爆雷防禦、無音潜航等についての部署、諸注意読み聞かせありたり。

海上見渡すかぎり、はるかに陸地の影だに見えず、右舷《みぎげん》前方水平線を、われに同航する航空戦隊の精鋭〇〇二隻が見ゆるのみなり。艦は戦場に向かって真っすぐに走っているのであるが、何だか必ず来《きた》るべき実戦場裡の光景がピンと頭に来ない。どうしても大演習ぐらいにでも行くような気分にしかなれない。それでよいのかも知れないけれども、あるいは自分があまり鈍感なのかも知れない。敗戦を知らない日本人の通弊かも知らぬ。いろいろな想像や憶測が兵員室の話題を賑《にぎ》わす。いずれもはや金勲《きんくん》〔金鵄勲章《きんしくんしょう》〕を貰ったようなつもりで力んでいる。その意気たるや、まさに壮とすべきものがある。いずれは日米戦史第一回戦功のトップを承《うけたまわ》るか、生存者の部のほう〔の〕一頁を汚すかするのである。宣戦布告第一日において敵真珠湾奥深く潜入して、敵艦隊の心胆を寒からしめ、日米両国民をアッと言わせるべきわれら特別攻撃隊任務達成の前に幸あれ。

十一月二十日 木曜日 快晴

〇五一五〔午前五時十五分〕、左舷《ひだりげん》前方一〇度に八丈島、右五〇度に青ケ島を認む。速力一四節《ノット》、針路九八度、艦は一路ハワイ真珠湾へと直進する。祖国の領土も八丈島、青ケ島をもって見納めとなるかも知れぬ。

洋上快晴なれども、さすが大洋の真っ只中、波濤《はとう》大きく艦のローリングも相当ひどい。上甲板に出《い》でて、新鮮な空気の存分に呼吸できるのも本日限り。あとは警戒航行で日光とは絶縁されるのだ。

○九一五〔午前九時十五分〕、南方諸島列島線東方に出《い》づ。

一〇〇五〔午前十時五分〕、日本中攻〔中型陸上攻撃機〕一機飛来。軍艦旗及び前甲板味方識別板により味方識別をなし飛び去る。千歳航空隊勤務の当時を思い出し、あるいはあの中攻に知っている人でも乗っているのではないかとなつかしく思う。千空〔千歳航空隊〕もたしか南洋の前進基地に進駐しているはずだ。

一三〇〇〔午後一時〕、試験潜航。水中無線作動実験をなせしも、あいにく東京、放送せぬため、実験できなかった。一七〇〇〔午後五時〕より、いよいよ警戒航行に移る。艦内休息も日没前は乙法、日没より丙法となる〔甲は総員戦闘配置、乙はゆるやかでその半分、丙は通常航海に近い。電信は浮き上がると常に総員配置、潜むと仕事が少なかった〕。

いよいよ今日から艦内便所使用かと思うとウンザリする。しかし長い行動であるから今のうちから馴れて、便秘なんかもせぬよう心掛けなくてはなるまい。まず身体の健康からだ。

夕食後、総員洗面を許可される。おそらく洗面も今日が最後で、あとはいつ洗面できるのやら、入浴できるのやらも見当がつかない。

本日重要電報あるはずにて、朝より緊張して待ち受けるも夕方まで全然感受せず。一九三〇〔午後七時三十分〕頃、〇〇通信隊の感五〔感度は一から五まであり、五が最高〕にて電報二通受信する。二〇〇〇―二二〇〇〔午後八時―午後十時〕の当直にて、終って認《したた》む。

十一月二十一日　金曜日　晴

艦は以前と同じく針路九八度を羅針儀に示して猛進する。

今日は旧暦の十月三日、艦の艫《とも》〔艦尾〕のほうが、夕焼けにて紅する頃、くっきりと浮んだ三日月が宵の明星と斜めに並んで銀色も美しい。

速力一五節《ノット》、舷側に立つ白泡のみが青白く夜光虫に光る。

すべてをあきらめて戦場に突進する。万が一にも今後一箇月と続くかどうか知れない生命なれども、やはり郷里を思い出す。

一番心残りなのは、母親の写真を忘れてきたことだ。日支事変の出征の折に、父が送ってくれた千人針よりも何よりも大事だった写真、その後アルバムに納めたままだった。

母港にでもあったなら、またどうにでもできたものを、呉からのあわただしい休暇等で、てんで落ち着く暇《ひま》もなかったし、別れといえば別れのようなものの、ただ夢のようだった。

父上にももう一度会っておきたかったけれども、四日の休暇では横須賀まで帰るのが精一杯というところだった。妻も姉らも、そして父親もまさか今ごろ自分がこうしてハワイ攻撃隊潜水艦として東経一五〇度の線の洋上にありて、一路ハワイに向かいつつあることを知る由もないだろう。

父上よ、いつまでも長生きして下さい。そして倅《せがれ》の手柄が金勲となって父上の手に渡るまでどうぞ武運の長久を祈ってやって下さい。

妻うめのよ、お前には苦労をかけてまったくすまない。結婚してわずか二日の生活しかしないうちに死んで行くようになるかも知れない。否、自分としては生還は期しておらないつもりだ。もし俺の戦死の入電があったら、郷里へ帰って、父親に会って俺が最後に休暇で帰ったときの様子を話してやってくれ。

艦と運命を共にする身はもちろん、靖国にさえも帰ることができない。しかし、真珠湾口にも必ずや靖国神社のあることを忘れないよう。

艦が出港してから初めて任務を発表されたときは、総員歓呼して万歳した。そのときの気持、痛快というのか悲壮というのか説明できない。

うめのよ、東京の空も寒いことだろう。身体に気をつけよ。若柳の姉さん〔ゑみほ姉〕からもやさしい手紙を貰ったのだし、心配しないで元気に勤めてくれ。

艦は今、夜の洋上を走っている。夜中の〇〇三〇〔零時三十分〕、ローリングがはなはだしくて寝られないのだ。

十一月二十二日　土曜日　海洋晴

一八〇〇〔午後六時〕、沖の鳥島〔南鳥島か〕を右に過ぐ。

今日本時間午後十一時四十五分、これから当直の二時間を受聴器を耳にして空電に悩まされなければならないのだ。

艦はいま東経一五七・五度、北緯三一度の地点を針路九八度にとって、暗夜の海上を白波を切って突き進んでいる。只今の辺《あたり》ではちょうど日本に比較して約二時間半の差異がある。日の出がそれだけ早くなってくるので食事等も早くなって来る。

これがハワイ付近になると、西経一六〇度であるから、夜明けが一時半頃で日没が午後一時半頃になるはずだ。

今日はことのほかローリングもピッチングも大きく、波も相当ひどいらしい。艦橋見張当直は頭から潮をかぶってビショ濡れになりながら必死に見張を続けている。三直にて一直三時間の交代にてはなかなかきついし、かつ敵の飛行圏内に入っているので真剣だ。敵より一秒でも早く発見しなければ敗けであるのだ。今までの演習のようなわけにはいかぬのだ。

これから先、幾十日続くか知れないこの航海。そして、幾十日のあいだ洗濯、入浴はおろか洗面も手を洗うこともできず、着たきり雀での艦内生活。そして、あと二、三日したらまた一番大事な太陽の光さえも見ることができなくなるのだ。この苦労、この苦難。しかしわれわれは選ばれて開戦劈頭《へきとう》を飾る重大任務を与えられたのだ。ハワイ攻撃隊。その名を聞いただけでも勇しいではないか。この二千トンの艦をもって、遠く三千浬《かいり》〔一浬は一八五二メートル〕の海上を、戦争のため、生か死か、ただ天祐《てんゆう》と神助にまかせて突進しつつあるのだ。われわれは人間として最高の名誉の死場所に突き進みつつあるのだ。

十一月二十三日　日曜日　洋上快晴

内地を出港して六日目、毎日毎日波浪にかぶられるので少しも感じなくなった。神経がにぶくなったのだ。自分の当直時間のほかは、寝ることと食うことだけの仕事。夢のときのみ種々のことを見るだけで、現実には真珠湾攻撃のそのときの痛快さについてのみ語りあっている。明日からは、いよいよミッドウェー、ウェーク、ホーランド〔ホーランディア〕を繋《つな》ぐ米国海軍飛行艇の哨戒圏内に突入するのだ。ミッドウェーには米海軍大艇〔飛行艇〕が二四機、ウェークには九機いるとか。航海長の話である。

針路九八度、速力一五節《ノット》。東経一六三度、北緯三一度の洋上にあり。本日Xマイナス15〔真珠湾攻撃日の十五日前〕なり。

十一月二十四日　月曜日　快晴

波浪高く、艦体の動揺猛烈なり、Xマイナス14。

一二〇〇〔正午〕。E〔東経〕一六七度、N〔北緯〕三一度、針路を一一八度に変針。南下の態勢となる。ミッドウェー、ウェークの中間突破のためなり。飛行圏内に入りたれば残飯その他の汚物、機械室ビルジ〔艦底にたまった汚水〕も二四〇〇〔午後十二時。海軍の時間は二四時制、海軍ではどこにあってもすべて日本時間で行動した〕以前に全部〔廃棄を〕完了するよう発令される。いよいよ敵地潜入の隠密行動だ。一度敵飛行機あるいは艦船に発見されんか、本艦の運命はそのときに極まるのである。見張もいよいよ厳重を極める。艦内一同緊張する。

父上様いよいよ敵地に潜入です。Xマイナス14。われわれの大事を決行する日もあと旬日です。ヒットラーの電撃戦のそれ以上の驚天動地の話題になることでしょう。

倅の任務達成のための武運長久を祈ってやって下さい。この大作戦に参加して手柄を立てられるのが、年とった父上への何よりの贈り物と思って張り切っております。

隣の金森兵曹も大張切りです。隣同志で一緒に名誉の名を残すか、金勲を貰って凱旋観艦式に臨めるか、そんなことばかり考えております。でも靖国神社のほうが近いでしょう。いずれにしても立派にやって行きますから御安心下さい。

うめのよ、お前のことを思わぬでもないが、今となっては未練だから書かないことにする。ただ父上に対する孝養だけは心掛けて俺の分までやってくれ。父上も、万一のことが俺の身にあったら、きっとお前のことを許して石川家の嫁として容れてくれるだろう。若柳の姉にすべてを相談するようになさい。元気でいつまでもお暮しなさるよう戦場より祈っている。今にも嬉しい吉報があるのではないかと時に夢のなか。しょせん便りなんかは受け取れない今は、ほんとの夢ばかりさ。くれぐれも父上のことを頼む。

紙上の便り、明日は姉上に書こう。

十一月二十五日　火曜日　海上晴
○五〇〇〔午前五時〕、潜航深度三〇メートルにて進む。水中速力平均三節《ノット》。
○九三〇〔午前九時三十分〕、水中無線放送受信のため、深度一九メートルまで浮上せるも、東京、放送せず。再び三〇メートルに潜入す。洋上荒れているせいか深度三〇メートルにてもなおかつ左右五度のかぶりを示す。こんなことは初めての体験なり。

果して〇三〇〇〔午前三時。午後三時＝一五〇〇の誤記か〕浮上後は、艦の動揺ははなはだしく寝台の上にてもなかなか落ち着いて眠ることができず、さりとて横になっておらぬと気持悪くなり、吐気を催すので一晩中気持が悪かった。とうとう夜食も抜きにした。

一八〇〇―二〇〇〇〔午後六時―午後八時〕の当直を終えてから、煙草を吸いに艦橋に登ったが、頭から潮をかぶるのでゆっくり煙草も吸っておれぬ始末だ。二番ハッチの辺まで海中に突っ込んで、波は猛烈な勢いで艦橋より高くなっておそいかかって来るようで、そのたびに見張員はビショ濡れとなる。空中線がだいぶ振動ははなはだしいので、碍子でも飛んでいるのではないかと思ったが大丈夫だった。

十一月二十六日　水曜日　海上曇　荒　気圧七五七ミリ〔メートルHg、一〇〇八・四ミリバール〕

海上のうねりは依然として止まず。

〇三三〇〔午前三時三十分〕潜入、一五〇〇〔午後三時〕浮上す。夜間に入ってから の艦の動揺ははなはだしく、夜通し、ベッドの上にて左右にゴロゴロころがされて眠れず、かつ胸がつかえるようだった。

最大傾斜二四度。波浪のため艦は速力をはなはだしく落す。潮は猛烈に艦橋を洗う。視界せまく見張員の労苦一方《ひとかた》ならず。

十一月二十七日　木曜日　曇　海上荒　気圧七五一ミリ

昼間潜航、夜間浮上。海上はますます荒れ模様にて気圧はますます低下するし、波浪は小山のような大きさ。本日の最大斜傾四二度に及ぶ。寝につけず。しかたなく読書する。池崎忠孝著『世界大戦回顧録』及び『唐詩選』若干頁。

子夜呉歌（李白）

長安一片月　長安《ちょうあん》　一片《いっぺん》の月《つき》
萬戸擣衣聲　万戸《ばんこ》　衣《きぬ》を擣《う》つ声《おと》
秋風吹不盡　秋風《しゅうふう》　吹《ふ》いて尽《つ》きず
總是玉關情　総《す》べて是《こ》れ　玉関《ぎょくかん》の情《じょう》
何日平胡虜　何《いず》れの日《ひ》か　胡虜《こりょ》を平《たい》らげて
良人罷遠征　良人《りょうじん》　遠征《えんせい》を罷《や》めん〔読みは編集部〕

X日ハ予定通リ

十一月二十八日　金曜日　快晴

現在のわれわれはもっぱら艦長独りを信じ、すべてが艦長の命の下に従って動作をなし、八十有余名の生命を一人に托してあるのだ。出港以来、世界の情勢を知る唯一つの方法であるラジオも入らなくなった。今日は千五百字よりなる新聞電報よりほかにないのだが、そのわずかばかりのニュースにさえ非常に迫った空気を感じさせられる。ドイツとのあいだのあらかじめの協定も見受けられる。米海軍何するものぞ。われ一度飛び込まんか、立ちどころに敵主力を海底の藻くずと化し去らんの勇あり。本日はXマイナス10。あと旬日の後に迫りたるわれらが快挙、空前絶後の壮大なる作戦、いざや来れそのときぞ。どうせ人間一度は死するもの、酔生夢死《すいせいむし》の五十年よりも護国のための花と散らん二十有五の人生こそ望みなり。おのれ米国海軍よ、あと旬日を待て、あと旬日を待て。野村〔吉三郎〕、来栖《くるす》〔三郎〕両大使の最後に当りての堂々たる引き揚げを祈る。

『碧巌録講話』若干頁。

十一月二十九日　土曜日　晴　Xマイナス9

『碧巌録講話』読み終り（第一回）意味不明。

いよいよ西経に入る。ミッドウェーを過ぐ。二三〇〇〔午後十一時〕針路を九七度に転針す。

海軍の戦争ということについて、もし第三者に聞かれたら、なんと答えてよいだろうか？……。未……。頭の芯が痛くなってくる。十二時間以上も潜航していると空気が汚濁するので、なんとなく気が重い。頭が疲れてくるので非常に猛烈に眠気を催す。昼間は大便も小便もなるべく使用しないように心掛けなくてはならない。深度三〇メートルにおいては排便作用が非常に困難だからである。夜間浮上航行中はまた、空気の新鮮なところを吸入できるが、その代り吐気さえ催すくらいのひどいローリングや、ピッチングにおそわれる。戦争である。そしてわれわれは一度出港したら二度と生還は期していない。しかしやっぱり航海中は、一度でよいから野原で大の字に寝そべって青空をあおいでいるような気分を味わってみたい気がする。

われわれはもう戦争の苦しみの中にある。もう戦争がわれわれの生活の中から始まっているのだ。そしてその苦しみは未だ五分ノ一も繰り返していないのだ。苦労とかなんとか未だ問題のうちではなかろう。それがほんとうに切実になってくるのは最後の十日間なのだ。現在のわれわれは一意《いちい》専心《せんしん》、ハワイ攻撃の任務達成に努力すればよい。努力とはしかして如何《いかん》。通信員の仕事としての最善はもちろんだが、身体の健全が第一だ。戦争は長期戦になるだろう。われわれは心ゆくまで国家のために尽さねばならないのだから。

大君に捧げまつりし命なれど
　長かれとこそ（武運長久）祈るなりけり

十一月三十日　日曜日　海上曇　Xマイナス8

昼間潜航、夜間航海。海上曇、波なし。身体の調子も非常に馴れてきて食欲も幾分進むようになった。これなら大丈夫。予定の日数を平気で哨戒なり、攻撃任務なりに就くことができる。

朝食が〇二三〇〔午前二時三十分〕、昼食が〇九〇〇〔午前九時〕、夕食一三〇〇〔午後一時〕、夜食が一六三〇〔午後四時三十分〕。まるで内地の夕食が現在のわれわれの夜食よりもまだ遅いくらいのものだ。だから時間の観念というものは、われわれの頭にピンとひびいて来ない。

十二月一日　月曜日　曇　Xマイナス7

浮上後、洗濯物を持ち出して、烹炊所《ほうすいじょ》にて初めて出港後の汚れ物を洗う。蒸留水が非常に余分に取れるので、出港時積み込んだ真水に少しも手をつけてないとのことだ。巡潜型の伊ノ一―三〔号〕級のことを思うとまったく神様のようなものだ。洗面も許可される。

その成果を期待されていた水中無線も、西経に入ってなお感五、水中深度一八―二〇メートルにては感三―四にて、極めて良好に東京をキャッチできる。今の分ならハワイ近海にても充分だろう。

十二月二日　火曜日　晴　Xマイナス6

本日より洗濯を禁止される。また見張員のほかは艦橋に出ることが厳禁された。そして、特に艦内洗面所において喫煙を許可される。

潜水艦乗員の第一の心得として、艦内における火気の厳禁ということはくれぐれも注意されてきたことだし、自分の体験としても潜水艦生活五年の間において、艦内にて喫煙を許可されたのは初めてである。

全然上甲板に上れないのは苦しいが、また喫煙者にとっても煙草を全然吸えないというのもまたこれ以上苦しいことはない。それゆえ、最小限度危険のない範囲において夜間航行中のみ許可されたのだろう。戦時のみにおいて許されることである。西経一七〇度の線も過ぎた。ハワイまではあといくばくもない。頑張れ〳〵。

十二月三日 水曜日 晴 Xマイナス5

本日より第六十二作戦通信配備となる。いよいよ全力通信配備だ。Xプラス3まで。極めて無味乾燥なる無線当直なれど、一度電報を送受せんか、それは極めて作戦上重要命令なのだ。閑散なる空間にありて、なおいっそう全身全霊を傾注して聴取の持続をなさねばならぬ。われわれは全作戦の神経系統を握っているのだ。

X発動の電の一刻も早く来《きた》らんことを祈って、懸命に当直に立たねばならぬのだ。

大本営参謀部よりの情報電によれば、ハワイを中心とする米艦隊の動きが手に取るように知れる。われらの前に横たわる獲物は何ぞ。戦艦六隻、空母三隻〔レキシントン〔サラトガ、エンタープライズ〕〕、重巡六隻、乙巡四、駆〔逐艦〕一二隻。その他演習に出掛けて行って約七日目ごとに帰って来る艦隊もあるらしい。いざ来れ米艦隊。われらに○○艇〔特殊潜航艇〕あり、潜水艦の三段戦法あり、航空戦隊の奇襲あり。一挙真珠港をして軍港としての価値なきまでに奮撃し去らずば止まず。不敗の国日本の、われらが腕前を見よ。

艦はなお一路、黙々としてハワイに向かう。

十二月四日　木曜日　晴　Ｘマイナス４

日没後、浮上してから手空き総員二区〔艦首の水雷室を一区、兵員室を二区などと称した〕集合。先任将校より真珠湾攻撃に関する詳細なる説明並びに質問に対する応答あり。初めて本作戦に関する全貌を知る。まったく驚くべき大胆なる作戦である。真珠湾の地図も初めて詳しいのを見せられる。本艦は目下港外直距離一九〇浬《かいり》にある。電報による情報では、この辺一帯は常に米海軍の演習区域にあるので、いつ敵哨戒艇があらわれるか知れないとのことだ。

果して二一〇五〔午後九時五分〕頃、敵の哨戒艇らしきものを発見、急速潜航をなす。内地出港以来初めて敵を間近く発見したのである。幸いにして敵に発見されずに済んだらしい。約二時間後に、再び浮上、航行を続く。

われらの壮挙は刻々近づきつつある。いよいよ乗員も油が乗ってきたらしい。

十二月五日　金曜日　Ｘマイナス３

午後七時、ついに待望久しき作戦特別緊急電報を受信す。全文左のごとし。

「Ｘ日（Ｙ日に同じ）ハ予定通リ」

宣戦布告の日は確定したのである。だいたい判明はして知ってはいたが、電報によって確実にされると、さらに身内に新しい緊張感を覚える。言い知れぬ勇気の湧き上がるような気がする。

短波海外放送による内地のニュース（一一、八一〇キロサイクル）を聞いても、急に相当のあわただしさを感受せらる。畏《かしこ》くも天皇陛下には、大本営に行幸あらせられ、杉山参謀総長に軍状その他につき御下聞《ごかぶん》あらせられた御様子。本日の電報も御前会議にて定められたることとならん。

大臣全部出席の閣議も開かれたようだ。一度宣戦の布告されるや、わが帝国海軍のあらゆる方面に作戦行動を起して敵を駆逐しさらん光景を想像して痛快にたえない。ルーズベルトよ、いまに泡を食って逃げるなよ。国の父親も妻も姉らも驚くことだろう。まさか開戦の二日前にハワイの百浬《かいり》圏内に入り、水中に潜って倅らがまさに敵大艦隊を一挙に撃沈しさらんと待ちかまえていることを。それを思うと微苦笑がひとりでに出て来る。

愉快〳〵。頑張れ〳〵。

十二月六日　土曜日

〇二〇〇〔午前二時〕浮上直前、艦長より艦内全部へ艦の状況を左記の通り伝令をもって伝えらる（艦長の言いしままに記す）。

一、本日の浮上位置（Xマイナス2）、真珠港より一二〇浬《かいり》の位置。

二、今夜水上進撃。真珠港より四五浬の位置にて潜航す。
三、潜航して真珠港より一〇浬付近に達す。
四、その付近にて筒〔正式には甲標的と称された特殊潜航艇。格納筒とも呼ばれた〕を離脱（時刻Xマイナス1の二〇〇〇〔午後八時〕頃）。
五、その後はおおむねその付近にあって潜航哨戒を続ける。
六、明後日の晩、その位置から筒搭乗員収容位置に行くよう運動する。
七、明朝、潜航後筒搭乗員収容〔収揚〕の位置に行くまで、約四十八時間連続潜航する。したがって明日の潜航から極力電力の節約をやれ。
八、本日浮上後、明朝潜航までの間は、敵艦艇に出会う機会が多いから特に気をつけよ。

十二月七日　日曜日　Xマイナス1

昨夜二二〇〇〔午後十時〕、総員配置につき水雷科合戦準備調べをなし、万手落ちなきよう点検をなし、二四〇〇（〇〇〇〇）〔午後十二時〕、潜航。本日は終日潜航だ。攻撃の最後の段階に達したのだ。

今晩一〇浬近海に達して筒を離脱。明日零時を期し、内地にては対米宣戦が布告され、真珠湾頭においては機先を制するわれらが先遣潜水部隊と協力せる機動部隊〔航空）によって徹底的な攻撃、破壊、撃沈が展開されるのだ。あと幾時間の後なのだ。筒の搭乗員もすでに乗り組んでいる。艇長横山〔正治〕中尉は、決死の意気すごし、決意を眉宇《びう》にただよわして乗って行った。

きっと成功を祈っておりますと言いたかったが、黙って見送る。われらが決死隊二名の上に幸あれ。

艦内は電力節約のため、すべての不用電灯は消灯された。烹炊《ほうすい》はもちろんしないので、食事は朝昼晩ともカタパンとココアだけ。便所も排便できないので大便なんかは極力我慢しなければならない。大便でも小便でもすべて三日間は汚物缶の中に入れてとっておかなければならないのだから、誠に汚ないことだけど、陸上にあったならそんな生活をするのは話に聞く刑務所ぐらいなものだろう。刑務所だとて大便小便を我慢しろとは言うまい。そこが潜水艦の潜水艦たるところだ。

艦内は暑い。扇風器も電力節約のため使用できないので、みな裸だ。まだ今のところは大したことはないのだが。只今、七日午後九時二十分。ハワイの夜明けは午前一時半頃だから〔ハワイ時間とは十九時間半の時差がある〕あと幾時間もなく襲撃作戦が開始されるのだ。

深度三〇メートル―三五メートルにて、真珠湾の入口に近づきつつあるのだ。六時頃には浮上して筒を離脱す。ちょうどそのとき見たものの言によると、真珠湾入口は、赤々と航空灯をつけて、飛行機も識別灯を両翼につけて、さかんに夜間飛行訓練中だったとか。すぐ本艦の上空に飛来して来てもそのまま知らずに飛び去ったとのことだった。

油断これあるかな。敵は全然わが艦隊の進撃して身近に迫るを知らずにいるのだ。筒は今頃は真珠湾入口の三〇〇メートルの水道を悠々と進航中だろう。上田〔定〕兵曹と横山中尉の二名の乗組員の心持たるや、いかん。

十二月八日　月曜日

昨日来、総員潜航配備について、まんじりともせず過す。いよいよ本朝を期し、真珠湾襲撃なのだ。

〇三三〇〔午前三時三十分〕、筒の襲撃が、決行時を同じゅうしてなされるべき航空部隊の空襲は、予定より遅れて七時過ぎに行われたらしい。

海中にジッと潜んでいると、いたるところ爆雷の投射爆音が聞えて気味が悪い。午後になると大本営から直ちに攻撃の状況を知らせる電報が来る。それによると、敵はわが〇〇〔特殊潜航〕艇の攻撃を誤認し、機雷によるものと思い付近の掃海を開始せりとのことゆえ、午前の機雷爆破の音が爆音のように水中に感ぜられたのかも知れない。

○二○○〔午前二時〕頃浮上したけれども、まだ付近に敵小艦艇が哨戒しているので再び潜航。○四○○〔午前四時〕頃浮上す。それよりラジオ海外放送によるニュースや新聞電報によりあらゆる情報を総合して、やっとすべての戦局を知る。八日午前十一時四十分、宣戦の大詔が英米に対しなされたことも電報で来る。

オアフ島攻撃の戦果は戦艦二隻（ウエストヴァージニヤ、オクラホマ）撃沈、他戦艦四隻大破、重巡四隻大破、その他航空母艦一隻撃沈、航空機による軍事施設の猛爆等、前古未曽有の大戦果である。

戦艦六隻のうち、五隻まではわが特別攻撃隊○○艇によるもの確実である。内地のニュースはさかんに航空部隊による戦果を宣伝しているが、大本営としても、米国がわが潜水艦の侵入せることを察知せざるものを、あえて発表するよりも、作戦上、潜水艦の行動秘匿《ひとく》のため航空部隊の戦果として発表したのだろう。

潜水艦は黙々として行動所在を秘匿して敵艦撃沈の任に当ればよい。その戦果は、作戦上とはいえ国民に知られなくても。

戦艦を撃沈せる勇士横山中尉、上田兵曹の筒、未《いま》だ帰り来《きた》らず。艦内一同心配になってくる。無事に脱出して、帰って来てくれればよいが。連絡電波にかじりついて徹宵《てっしょう》待受するも応答なし。

二四○○〔午後十二時〕まで待受せるも不感。あるいは厳重なる警戒のため、未だ真珠湾を脱出せず潜航しているのではないか。いずれにしても二勇士の一刻も早く消息を知るを得たいものだ。艦内憂色に閉《とざ》さる。

○一三○〔午前一時三十分〕潜航。ついに本日は筒の消息不明なり。

十二月九日　火曜日

筒消息依然として不明なり。

先遣部隊長官より、筒の収揚〔収容〕状況知らせとの電ありたるも、各艦共に一隻も収揚していないらしい。未だに湾内に潜んでいるとも思われないが、またいずれにとも判断もつかない。

米国側発表のニュースにあった落下傘部隊が降りたとの報があるので、あるいは筒の勇士らが脱出してまぎれ込んだのではあるまいかとも考えられる。なるほど彼らは飛行服を着ておったから、あるいはとも思われるのであるが。

横山中尉の遺書発見さる。もちろん、武人として今回の決行せる壮挙は生還を期し難いものだが、いまさらに遺書が発見されて、急になんだか胸のあつくなるのを覚える。横山中尉の引出しの中の奉書に書いてあったとのこと、自分らの見る限りのものではないが、まさに旅順閉塞隊の、より以上の放れ業をやったのである。そして戦果はまさに確実に戦艦二隻沈没、四隻大破となってあらわれたのである。彼ら十名の勇士、もって瞑すべきであろう。

日米開戦劈頭、最初の、そして陰の犠牲である。ああ、壮烈なるかな。

本艦の位置、未だにオアフ島近海にあり。さらにあと一日、筒捜索後、新哨戒区に就く予定である。

十二月十日　水曜日

太陽を見ないこと本日で十七日間。さらに星も月も見られなくなって、外界の空気と遮断《しやだん》されてから十日間になる。毎日毎日、未明に潜航して日没後浮上、見張員のほかは艦橋に登れない。すなわち月や星だけでも自由に眺められる見張員が羨しい。

本日のニュース

グアム島はついに予定通り占領。

英極東艦隊主力艦プリンス・オブ・ウェールズ及び同戦艦レパルスの二隻、各々三万五千トン、三万一千トンを航空機により撃沈す。

マニラ沖にて米水上機母艦ラングレー一万二千トンを潜水艦により撃沈せり。

メキシコは対日宣戦を布告せり。

われらが第一潜水部隊は、敵レキシントン及び重巡五隻及び後衛に駆逐艦を伴う大部隊を発見。これを追躡《ついじよう》〔追跡〕中なり。

極東艦隊（英）全滅の報に、艦内歓呼の声沸く。電信室はニュースに新聞電報、ラジオ、無線電報によって逸早《いちはや》く艦内に知らせるので大童《おおわらわ》だ。

快勝の報のあるたびに非常なる張りを感ずる。現在までの帝国海軍の損害は、飛行機三八機、艦艇のほうは全然被害なしとのこと、いかにすばらしいか、未だかつて歴史にも見ざる赫々《かくかく》たるものである。偉大なるかな、わが海の浮城陣よ。

本日畏《かしこ》くも天皇陛下よりGF〔連合艦隊〕司令長官〔山本五十六大将〕に対し左の勅語を賜《たまわ》りたり〔勅語は記載なし〕。

マーシャル諸島のクェゼリン基地へ

十二月十一日　木曜日　Xプラス3

本日より第六十三作戦通信配備となる。対各潜水艦及び○○通信隊との連絡も極めて円滑に実施され、まるで演習と変りなし。頼もしきかぎりだ。

本日のニュース

○日タイ軍事同盟成立せり。

○中南米諸国九箇国は対日宣戦を布告せり。

○比島に対し、海軍航空部隊は大挙空襲、米国比島空軍の大半を撃砕せり。

○駆潜艇一、撃沈された。
○比島キャビテ軍港内にある敵潜水艦一、特務艦一、駆逐艦一隻を大破、海軍工廠《こうしょう》一面を炎上せしむ。
今やいたるところ帝国陸海軍の勝ち進むところとなり、世界各国共に色をなして驚いているようで痛快の極みなり。

突然、特別攻撃隊に対し筒捜〔特殊潜航艇の捜索〕を打ち切り、即刻にクェゼリン〔マーシャル諸島、クェゼリン島にあった基地〕に帰還するよう命令電報来《きた》る。その目的、作戦なんら知らず（あるいは再び同じ作戦なるや）明朝より帰路に就くこととなる。今までハワイ湾口にありて、その所在秘匿のため商船を見つけても残念ながら見逃してやっておったが、明日からは見つけ次第撃沈するとの艦長の言、雄々しく聞かれる。

第一潜水部隊はすでに米西海岸にありて、特定国を除いた国の商貨船に対し、無警告撃沈を開始している。われもまた明日からは見つけ次第やっつけるか。

十二月十二日　金曜日
本日より第一作戦地ハワイをあとにして、クェゼリンに帰還の途に就く。次の作戦はいかなるものか知らねども、われわれはただ黙々として命令のままに行動するのだ。帰路御土産《おみやげ》に特別攻撃隊の中の二隻の潜水艦をもってジョンストン島を砲撃せよとの命令あり。伊一八潜と伊二〇潜にその役目が当てられる。ちょうど帰路は、ジョンストン島を両側にはさんで東進するようになるのだ。

本日のニュース

○独伊とも条約に従って米国に対し宣戦布告せり。

○帝国と仏印間に軍事同盟締結せり。

○天皇陛下には本日海軍幕僚長を召されて、GF〔連合艦隊〕司令長官に対し左の勅語を賜りたり。

連合艦隊航空部隊は、敵英国東洋艦隊主力を南シナ海に殲滅《せんめつ》し威武《いぶ》を中外に宣揚せり。

朕太《はなは》ダ是《これ》ヲ嘉《よみ》ス

われらはますますもって忠誠を尽さねばならぬ。

十二月十三日　土曜日

本日のニュース

○ハンガリー政府は、三国同盟条約によって対米外交関係を断絶するに至った。

○その後の情報により、ハワイ攻撃における戦果に、撃沈戦艦アリゾナ（三万二千六百トン）が加えられた。

なおホノルル沖で撃沈された航空母艦の名前はエンタープライズと判明〔これは誤認〕。

日本軍は九龍を占領せり（香港近所）。

目ざましきばかりの帝国海軍の進撃ぶりである。比島もルソンに敵前上陸したから
こわいこともなかろう。早く香港、シンガポールの落ちるのをニュースに聞きたいものだ。

あと一週間もすると基地へ帰るのだが、果して便りが来ているだろうか、父やうめのや姉らから。なんにしてもただ独りで国に暮している父親が心配だ。この前みたいに大病をして近所隣の人々にえらく御厄介になってしまったりしたのだから、やっぱりいざとなれば心にかかる。

潜航していると空気が悪いせいかよけい夢を見る。祖国の楽しい夢ばかりだ。でも現実のときはほとんど国のことを思い出さない。二時間の当直と、内地からの海外放送のニュースに夢中になるときと、食事のほかはほとんど寝ているからだろう。それでなくても戦争そのものに対する一時間先の期待だけでいっぱいだ。

われわれは今、戦争の真ん中にあって、そして現に戦いつつあるのだ。今にでも米国商船が眼前に浮んだら、一本の魚雷によって撃沈できるのだ。でもそんな殺伐な気にもなれず、ハワイ攻撃以後は、平常の演習と変りなくやっていられるのも不思議だ。

〔演習よりも〕あるいはもっと楽かもしれない。ただし演習ならば終りが長くて十日だから。

十二月十四日　日曜日

針路二一〇度。米海軍基地たるジョンストン島を避けて南下、一路補給基地クェゼリン島に向かう。二十一日の午前着の予定である。

まだまだ米国の飛行圏内を脱し切らぬので、昼間潜航行、夜間水上航行の続きである。今日は非常に気分がよく、食欲が進む。やっぱり当直以外でも、起きておって本でも読んでおったほうが幾分腹の減り具合も違う。当直以外にはベッドでゴロゴロ寝てばかりいるのでは食欲減退も無理はない。

新聞電報によれば、わが帝国の領土は未だ一度も敵機の空襲を受けておらぬとのこと。そしてまた開戦劈頭において、厳然として制空権、制海権を確保、太平洋に君臨するにおいて誠に頼もしき限りである。英国東洋の牙城と誇った香港も開戦僅々《きんきん》八十四時間にして、その死命を制せられんとしている。なおわが香港攻城軍司令官より、軍使をもって香港総督宛の開城勧告文、ニュースにてありたり。左に記録しよう。誠に感銘深い名文だと思う。

「今やわが攻城将兵の善戦と勇敢無比なるわが陸軍は、香港島を指呼《しこ》の間に望み、これが覆滅《ふくめつ》の準備完了せり。即ち香港市の命脈はすでに決まり、勝敗の決は自《おのず》から明らかなり。ここに貴軍の運命と在香港無辜《むこ》の民百万の上に思いを致すとき、わが攻城軍は、事態の推移するままに委《まか》す能《あた》わず。開戦以来、貴軍善《よ》く戦うといえどもこの上の抵抗は百万の労に役立ずと認む。この民の生命を絶つに至るべく、これ貴国の騎士道より見るも亦《また》わが武士道より見るも、共に耐えざる処なり。

総督深くここに思いを致し、直《ただ》ちに開城会議の開催を受諾せられよ。もしこの勧告に従わざれば、われは涙を呑んで実力の下に貴軍を屈服せしむる方途に出づべし」

これに対しヤング香港総督は、わが大義の勧告を全面的に拒否せりと。　以上

十二月十五日　月曜日

一三四二〔午後一時四十二分〕浮上、〔日没〕本日より久し振りにて夜間休息乙法となる。

夜間艦橋に出て、五人ずつ見張を兼ねつつ煙草を吸い、外界の空気を直接吸うことができるのだ。当直交代後二十日ぶりにて艦橋に登ってみる。真っ暗に曇って今にも雨が降り出しそうだ。でも、たった一箇所取り残されたような雲の切れ目にポツンと星が一ツまたたいている。期待しておった月は見られなかった。暗い中にもなお一段と黒いスコール雲がところどころにある。今年の正月、南洋パラオ島で三箇月〔二箇

月か〕も暮したことを思い出す。冷たい新鮮な空気を思う存分吸引して、腹の中の汚濁した空気を全部入れ替えてパート〔居住区〕に帰り、寝に就く。

　艦の揺れも極めて少ないようだ。

十二月十六日　火曜日

本日より潜航をせず、艦長より敵飛行圏内を水上突破するとの令ありたり。

昼間休息甲法。

夜一九〇〇〔午後七時〕よりラジオニュースにて、議会における陸海軍大臣の戦況報告演説の録音放送あり。艦内一同感銘深き思いにて聞く。

一八〇〇〔午後六時〕のEB〔先遣部隊のこと。軍隊区分〔特定の作戦で部隊を編成すること〕で、潜水艦部隊を先遣部隊と呼んだ〕参謀長よりの電により、伊一八、伊二二によりクェゼリン〔への〕帰路、米航空基地ジョンストン島を砲撃炎上せしめしことを知る。電報によれば、ホノルル平文《ひらぶん》〔暗号ではなく普通の文章〕傍受にて、USF〔アメリカ太平洋艦隊〕長官より麾下《きか》一般宛発せられし命令電報にして左ノ通り。

　ジョンストン島、二隻の水上艦艇により砲撃せられ炎上、al〔段落〕。ジョンストン島を砲撃せる水上艦艇を撃退に取り掛かれ。一一二五〔午前十一時二十五分〕第十三哨戒機中隊所属機ホノルル発。

恐しきは電波《でんぱ》輻射《ふくしゃ》〔発信〕と平文発信である。

いかに緊急とはいえ、これでは敵側につつぬけにその作戦が判り防禦されてしまうだろう。

一一二五に発令されしものが、三、四時間後には敵国たる日本の各潜水艦に情報として通知されているとは、米国でも気がつくまい。ましてや潜水艦により受けし砲撃を、水上艦艇と見誤るなどその狼狽のほど、推して知るべしである。

十二月十七日　水曜日　曇　夜雨

一寸先も見えぬ暗夜の雨の中を警戒航行である。煙草を吸いに艦橋に登ったが雨のため止めて下りて来た。

一九〇〇〔午後七時〕のニュースを聞く。開戦最初の戦果があまりに大きかったゆえか、この頃は大したニュースらしいものもなくなったようだ。ただ開戦最初におけるハワイの戦果が米国民に与えた打撃というものが、われわれが想像していたものよりもっともっと大きく、米国自身から見れば悲痛なものだったらしい。精神的な衝撃がいかに大きいかということが、あらゆる外電ニュースにて知ることができる。

本日、豪州が対日宣戦布告に決したと報道されたが、現在となってみれば大して驚くに足りないものがある。

先月十八日、呉を出港、出征以来ちょうど一箇月である。そのときの悲壮なる気持、再還を期し難しとして、艦長よりハワイ攻撃の先鋒を承る本艦の作戦を聞かされたときの気持も、今は第一段作戦終了とともに、任務達成とともにほっとした気持である（横山中尉、上田兵曹両決死隊員の死は哀《かな》しみてあまりあり）。

しかしながら昨日の電報によれば、伊六八潜は米国西海岸にて、警戒駆逐艦の爆雷攻撃により近弾一二発を受け、発射管より浸水せりとか。また本日、伊五潜よりの電報では、同じく爆雷攻撃九回に及び、浮上もできず動力の補給が困難なりとの情報あり。いよいよ米国も警戒を厳重にして来たらしい。

伊七潜は、大胆にも命令により真珠湾近海より飛行機を飛ばし湾内における艦船の破損状況を偵察に行き、有力なる情報を持ち帰ったとの電報がある。由来、潜水艦搭載飛行機が、一度発艦し敵地に赴《おもむ》いたなら、十中八九は収揚困難とするものが常識とされておったのである。なぜなら、敵に母艦の所在を発見されるおそれが多分にあるからだ。それを見事にやってのけたのである。大したものだ。世界海戦史上最初のことであろう。潜水艦（伊一八、伊二二）によるジョンストン島攻撃も、大本営海軍部より水上艦艇の攻撃として発表された。

クェゼリン基地にも刻々近づきつつある。補給と休養が何日与えられるか知れないが、いずれにしても呑気にはやっておれないことだろう。郷里からの音信は果して前進基地まで来ているかどうか。楽しみのようで不安だ。早速入港したら手紙を書こう。父とうめのへ、そして姉にも。

十二月十八日　木曜日

大本営海軍参謀部発表（午後三時零分）

一、ハワイ海戦の戦果に関しては、確報接受のつど発表しありたるところ、攻撃実施部隊の目撃並びに攻撃後の写真撮影等により、左の通りの総合戦果を挙げ、米太平洋艦隊並びにハワイ方面敵航空兵力を全滅せしめたること判明せり。

一、撃沈戦艦五隻、カリフォルニア型一隻、メリーランド型一隻、アリゾナ型一隻、ネバタ型一隻、艦型不詳一隻、甲巡または乙巡二隻、給油船一隻。

二、大破（修理不能または極めて困難なるもの）、戦艦三隻（カリフォルニア型一隻、メリーランド型一隻、ネバタ型一隻）、軽巡二隻、駆逐艦二隻。

三、中破（修理可能と認めるもの）戦艦一隻ユタ型、乙巡四隻。

四、敵陸海軍航空兵力に与えたる損害、銃爆撃により炎上せしめたるもの約四五〇機。撃墜せるもの一四機。右のほか撃破せるもの多数。格納庫一六棟を炎上せしめ二棟を破壊。

五、同海戦において、特殊潜航艇をもって編成せるわが特別攻撃隊は、警戒厳重を極める真珠湾内に決死突入し、味方航空部隊の猛攻と同時に敵主力を強襲、あるいは単独夜襲を決行し、少なくとも前記戦艦アリゾナ型一隻を轟沈《ごうちん》したるほか、大なる戦果をあげ敵艦隊を震駭《しんがい》せり。

六、わが方の損害飛行機二九機。未だ帰還せざる特殊潜航艇五隻。

七、八日、撃沈せるも確実ならずと発表したる敵航空母艦は、沈没を免れ、○○港内に蟄伏《ちつぷく》中なること判明せり。かくのごとき大戦果の陰には、世界に誇るべきわが潜水艦技術の使命を発揮した特殊潜航艇をもって編成された特別攻撃隊が、ハワイ真珠湾奥深く侵入し、帝国の伝統的精神たる一死奉公を具現せる体当り戦術を敢行したことが想像されるが、その壮烈無比の状況が公開される日もまた近い将来のことと極めて期待される。

特殊潜航艇乗組員名

伊一六潜	横山中尉	上田二曹
伊一八潜	古野中尉	横山一曹
伊二〇潜	広尾少尉	片山二曹
伊二二潜	岩佐大尉	佐々木一曹
伊二四潜	酒巻少尉	箱垣二曹

ああ、感激の瞬間である。ついに発表されたわれらが特殊潜航艇による不滅の武勲、

横山中尉、上田二曹、もって瞑すべし。

他の八名の決死隊員も、共に壮烈無比自爆せしか？　われら特別攻撃隊の勇士の霊、いまいずくにかあるや。見られよ、戦史未曽有の大戦果。一朝にして得たる太平洋の制海権、みな諸君ら十勇士の武勲にほかならず。古《いにしえ》に例を聞く閉塞隊員〔日露戦争で旅順口を閉塞した作戦。第二回作戦のとき、広瀬武夫少佐が杉野兵曹長を探し求めて戦死。〝軍神〟とあがめられた〕のそれにもまさり、死場所を得たるこれ男子の本懐、一億国民に惜しまれつつ、君よやすらかに昇天せられよ。

同じ艦に寝食共にせし人々、同じ日に出征して第一期作戦終了し、補給基地に帰る今、その人なし。ああ、感慨その極みなり。われらはいま健在にて帰る。しかしそのわれらもいつの日にかまた、中尉らの下に参りて、ありし日を語るもあるならん。長期戦である。油断してはならぬ。万全を期して散るときにはいさぎよく散るべきわれらなのだ。そして開戦劈頭に飾った特攻隊の名誉を永久に保持せねばならぬ。

十二月十九日　金曜日　晴

今、時刻二二〇〇〔午後十時〕、日本領土たる南洋群島の最東端に入りつつある。出征してまる一箇月、あの劇的なハワイ攻撃の日はわずか十一日前である。最初の一番危険な作戦も、天祐《てんゆう》によりて今ここに生還し得たのだ。生還を喜ぶのではなく武運のありしことを祝福せねばならぬのだ。

明日は基地の港、そして太陽が見られるのだ。どんなに待ちこがれた日の光か。われながら驚く青白い顔も、明日から強烈な太陽を思う存分浴びて回復できるだろう。最大の喜びである。ポツポツ出征以来の第一信を認《したた》めている者もある。無事を知らせる便り、父母妻子を案ずる便り、そして武勲を知らせる便りか。自分も書かねばなるまい。誰々に書こうか。まず第一に父と妻、それから養父と姉に……。随分と書きたいところがある。補給が終って再び出動すれば、またいつ帰るか、どこで戦死するか知れないのだもの、機会あるごとにできるだけ皆の人々に便りをしよう。どれが最後の便り、絶筆となるかも知れぬのだから。

基地に入港しても風呂には入れないとのことだ。なんと南洋では、真水の湧くのはサイパンとトラックくらいなもので、あとはみな天水をタンクに貯蔵して使用するのだ。風呂なんか思いもよらぬかも知れぬ。艦としても、碇泊中は積んだきりの真水しかないのだから洗濯も充分にはできないと思う。現在でさえも洗面を許されぬわれわれには、水が非常に恋しい。せめて入港中だけでも思う存分使用できるものならどんなにか助かるか知れない。しかし戦争だ。何事も忍べるだけ忍んで勝たねばならぬ。要するに勝たねばならぬ。勝ったあとにこそ平和が来るのだ。そのときこそ真水の中を泳ぐことだってできるのだ……（長々と風呂に入って手足をのばし、「アカ」を落している気持になっているところを夢に見た）。

本日ＧＦ〔連合艦隊〕参謀長〔宇垣纏少将〕から、特別攻撃隊の一艦をして広島湾に回航、特殊潜航艇の訓練に当らしむべしとの電報があったが、誰一人として本艦が帰るようになればよいと思う者はない。皆が皆、本艦に帰れとの命令があるのを心配している。いまごろ内地へ帰って、僚艦の手柄を立てるのを指をくわえて見ておれないと意気込んでいる。まさにしかりだ。いまさら内地でもあるまい。まだ戦争が始まったばかりだ。潜水艦が働くのはこれからなのだ。願わくば、居残り組になるように祈りたい。しかし特別攻撃隊五隻のうち、本艦の艦長が一番後任だから、あるいはこの嫌な命令が回ってくるかも知れない。皆、このことを心配しているのだ。せめてあと一箇月、補給が終ってから通商破壊なり米国沿岸なりの砲撃に従事してから大手を振って母港に帰りたいものだ。

本日のニュース

マレー半島の要衝ペナンを占領す。

桜花散るやハワイに嵐して

十二月二十日　土曜日

戦地から父への第一信

父上様御達者ですか。日米開戦で驚かれたことでしょう。出征してからちょうど一箇月、戦地からの第一信、元気で張り切っておりますから御安心下さい。老人には心配は禁物、鎮守府から公電があるまでは倅はいつも元気と思って新聞のニュースでも見て楽しみに暮して下さいよ。

隣の金森兵曹も元気です。死ぬときは隣組で一緒だと笑って話しております。潜水艦の働くのはまだまだこれからです。そのうちきっと面白いニュースが出てきます。でも万一のときは、決して見苦しいことはいたしませんからその点、御心配なく。武運の長久でも祈ってやって下さい。それからうめのほうにも便りを出して下さい。うめ万事あれに頼んでありますから、遠慮なくどんな無理でも言ってやって下さい。うめのの両親の方へはまだ便りは出しません。若柳の姉から便りを貰えなかったのが残念でした。

桜花散るやハワイに嵐して

ご存知でしょう、特殊潜航艇、帰らぬ五隻の決死隊員に捧げるつもりの駄句。もしできたら下の句で飾って下さい。

父上様　　幸太郎

追伸
本日○○基地〔クェゼリン〕に補給に入ったので便りを書きました。また、いつ書けるかも知れません。くれぐれも心配しないで下さいね。

妻うめのへ
その後いかが暮しおるや。元気なれば何より。

日英米開戦で驚いたことだろう。自分らはこのことあるを期しておったので、平常と変りはない。特別攻撃隊としてのハワイ攻撃として、張り切って任務の一段階を果してきたのだ。戦争に関することは知らせることはできないが、新聞やラジオによってお前らのほうが委《くわ》しいくらいのものだ。元気に張り切って勤めているから安心せよ。

お前らも侵《お》かされたことなき皇国に安んじて住める身を思い、さらに感謝の念を新たにして職域に邁進せられんことを祈る。今度の戦争は、英米二大国を相手の長期態勢の戦いだ。自分らとてそう簡単に死ぬことはできない。

　永かれと祈る心も大君に尽す誠の限りなければ

潜水艦の活躍もこれからがほんとうの働きどころぞ。いずれ新聞が消息を知らしてくれるだろう。われらはいま〇〇基地にて補給中。いずれ近いうち再び出動するだろう。われらは絶対後《おく》れはとらない信条でいる。日本潜水艦の真価を英米に知らしてやるのだ……。

お前は自分が最後の日に申し伝えしことをよく守って、ただ一人の父上に孝養を尽してくれんことを祈る。どこまでも妻としてのお前を信じている。戦地からの第一信、簡単ながらこれにて擱筆《かくひつ》する。さらば。

追伸

小生に万一のことあらば、鎮守府より公電あるはず。そのときはただちに郷里の父へも知らせてくれ。それまではいつも元気だ。

幸太郎

最愛なる妻へ

午前十時、予定通りクェゼリン基地に入港す。

曇っておったのに雨が降り出したが、一箇月ぶりにて陽の目を見るので、入港用意とともに皆上甲板に飛び出る。6F〔第六艦隊＝潜水艦隊〕旗艦《きかん》香取及び〇〇Ss〔潜水戦隊〕が厳然と浮んで、われわれの入港とともに手を振って迎えてくれた。嬉しいものだ。いっぺんで気がさっぱりしてしまう。母艦から早速、風呂の用意完備せりとて迎えのボートが来る。半分ずつ交代に風呂に行くのも楽しいものだ。一箇月ぶりの「アカ」をきれいに洗い去って気もせいせいする。母艦の兵隊も、潜水艦の乗員の労苦を知ってか、非常に大事にしてくれるので、なおいっそう嬉しく、今までのつらさも何もいっぺんにふっとんでしまったような気がする。軍事郵便、早速書いて、とりあえず父と妻のところへ出す。給水船が早速やってきてくれ、七トン配給してくれたので、洗濯も充分にできて思いもかけず全部きれいになって、サバサバした服に着替えることができた。給水船に宮城県〇〇丸と書いてあったのが非常になつかしく頼もしかった。夜は灯火管制で基地は真の闇夜、見張警戒当直は航海中と変りはない。

十二月二十一日　日曜日　クェゼリン碇泊

昨日は曇っていたので雲を通す光線は大して強く〔なく〕刺戟を受けなかったが、本日は南洋独特の強烈な太陽がジリジリ照りつける。上甲板で塵焼《ごみやき》をやっていたが目がいたくてかなわない。半日、上甲板にいたので手足や顔の露出部分がずいぶんと日に焼けて赤くなる。

一二三〇〔午後零時三十分〕頃、突然、旗艦香取より空砲二発を撃って「空襲警報」を発せられ、作業も何も止めて、潜航配備に就く。やがて香取より左の信号来る。「三五〇度五〇〇〇メートル前方にて、味方飛行機六機と敵らしき飛行機三機と空中戦を行いつつあるを認めりと望楼より通知あり」

約一時間、緊張待敵。錨碇沈座の用意をなし機銃員も配置についておったが、敵機遁走《とんそう》せるもののごとく、一時間半の後、一四〇〇〔午後二時〕頃、警報解除ありたり。

本日より二十三日朝にかけて行いつつあるウェーク島攻撃により、逃げ来る飛行機ならんとの説もあり。（ウェーク）攻撃は第八戦隊（利根、筑摩）及び母艦（蒼龍型一隻）その他による攻撃なり。

今日はついに悪い予感が的中した。それは艦長が戦況（特殊潜航艇）報告のため6F司令長官〔清水光美中将〕へ伺候した折、特殊潜航艇の使用及び連絡が非常によく、特に五隻の中で連絡のとれたのは本艦のみにて、なお一番湾口近くに侵入し最後に五日間に亘《わた》る艇捜索等に従事した結果から見て、伊一六潜が今度のハワイ攻撃中に一番「潜艇」との関係について身近に体験したる参考事項が多いので、ぜひ特別攻撃隊の中から一隻だけ内地へ帰り、連合艦隊長官に伺候して直接当時の状況も話し、かつ再びある期間、特殊潜航艇の訓練に従事するため内地帰還せよとの命令をお受けして、艦長もでき得れば他の艦と交替せんことをお願いするも入れられず、それ以上推してお願いする訳にもいかず、できるだけ内地滞在期間を短期間にして、再び戦場に帰還せんことを約して命令をお受けして来たそうである。

選ばれて特殊任務を命ぜらる名誉とはいえ、内地に帰るというに至っては、誰がこれを喜ぶべき。

折角戦争も序の口、開戦半月を出ずして内地に帰って広島湾付近にいるのは、われわれにとっては非常に苦痛なことだ。僚艦はみな米西岸にありて通商破壊についてやっている。ハワイ砲撃敵誘出作戦も近いうちに2SsB〔第二潜水部隊〕によって決行されるとか。また大西洋艦隊の一部、空母一、戦艦二隻、重巡四隻、〇〇日頃、大西洋より太平洋に回航するもののごとしとの情報がドイツ在勤武官によってもたらされ、みなそのよき獲物御座《ござ》んなれとばかり、そのときを楽しみにしていることだろう。

残念だが致し方がない。本艦にもきっと再びハワイのごとき戦果のあることがもう一度回ってくるだろう。好機はきっとめぐってくる。艇の訓練もきっと長くて一箇月ぐらいのものだろう。あるいはどこかの作戦に再び使用するのではないか。それならまた大いに訓練のし甲斐があるというものだ。

祖国帰還は、二十五日出港、一月四日頃、入港の予定だ。途中敵国潜水艦も相当数いるらしいから気をつけねばならぬ。敵地にあるときよりも味方の地域にあるときが、一番危険が伴うのであることを忘れてはならぬ。艦長が司令長官伺候を終えて帰艦してから、大体右のことに関して総員集合があってお話しされた。

慰問袋、早速一個ずつ配給になった。自分のところへは、立川飛行機製作所従業員からと東京の成女女学校生徒からの慰問文等である。慰問文を貰った人々の住所、左記の通り。御礼忘れず。
東京市深川国民学校六学年三組　吉野利夫さん。東京市牛込区富久町二〇成女高女四ノ一　水崎澄子さん。東京府立川市立川飛行青年学校本科四年　辻恵五郎君。

十二月二十二日　月曜日
伊一八潜、伊二二潜も入港。これで全部特別攻撃隊は帰還したわけである。伊二〇潜の先任下士官は爆雷攻撃により名誉の戦死を遂げられたそうである。しかし、一般に米国の爆雷は大したことはないということだ。俸給を貰いに行って兼子兵曹と会う。やっぱり大変に調子がよい。俸給二百十円貰ったけれど、なんの感興も湧かなかった。十円紙幣がただの紙切れぐらいにしか思えない。戦地にいれば、どうせ使えないのだ。呉へ帰ったら送金してやろう。
本日第六根拠地隊司令官から、作ったばかりの白菜及び鮮魚、キンツバ等を寄贈さる。
本日のニュース
シンガポール来電。英極東軍発表によれば、補助巡洋艦バンガ号六千二百三十トンがシンガポール近海で日本軍に撃沈さる。

十二月二十三日　火曜日　慰問文御礼

利夫君、御慰問文嬉しくみんなで読ませていただきました。ちょうど日本とアメリカと大きな戦争が始まって皆さんもびっくりなさっておられるでしょう。兵隊さんは早速第一線に出てますよ。潜水艦です。とってもみな元気で、今に敵の軍艦を全部ゲキチンしてやるんだと言って張り切ってます。貴方らが銃後で張り切って勉強しているのと同じです。一生懸命やって下さいね。兵隊さんも頑張って、アメリカやイギリスをやっつけますから。

御友達に宜《よろ》しく。

さようなら

利夫さんへ

皆様の御心こめた御慰問袋、有難く頂戴《ちょうだい》いたしました。御慰問文も嬉しく拝誦《はいしょう》いたしました。

皆様の熱烈な銃後の心構えが、誠に力強く頼もしき限りと存じております。

私らも御期待にそむかぬよう戦っておりますから御心配なきよう内地のほうをしっかり守って下さい。

日米英開戦も当然来るべきときに来ただけで、海軍の作戦は万全です。戦地の様子は御知らせできませんけれども、日本潜水艦の活躍はニュースで御存知でしょう。潜水艦乗組員はみな腕だめしとばかり張り切っております。
なおいっそう皆様の力強い御後援を御願いしますよ。
御礼のみ
辻恵五郎君　　水崎澄子様

その後、皆様相変らずのことと御推察申し上げております。小生御蔭様にて元気。かねて覚悟のことながら、開戦と同時に第一線に立つ身の光栄に感謝しつつ奮い立って戦っております。

帝国潜水艦の活躍はすでに御存知のことでしょう。戦果は充分、なおいっそう御期待下さい。

戦場の手柄をもって御無沙汰、御詫といたします。御主人様に宜しく。御母様にも宜しく。

佐藤柳子様〔郷里同級生の姉さん〕

祖父様、伯父様〔養父〕、伯母様。皆御達者のことと御推察申し上げております。御蔭様にて幸太郎も元気です。とうとう真実の大きな戦争になってしまいました。いつもお話ししました通り、海の戦争ともなれば潜水艦のもので、早速の第一線です。

遠く海を渡って敵のふところに飛び込んで行く潜水艦ですから、危ないけれどもそれだけ張り合いがあって、死んで帰っても生きて帰っても金鵄勲章を貰うんだと言って乗員の意気たるや、まさに壮とするものがありますよ。

私も立派に働いて参ります。祖父さんに「よくやった」と賞《ほ》めて貰うように、とにかくいつも元気ですから御心配なさらないように。

魚釣はお寒くて駄目でしょう。御身体を大事になさってウンと長生して下さいね。そしてこの戦争が終って、僕が凱旋《がいせん》する頃、米寿の祝いでもするようですといいのですが。伯父さんも御仕事のほう、一段落のことでしょう。あまり無理をなさらないよう、いつまでも元気に過して下さいね。伯母さんも相変らずでしょうね。

留守中の父のことは皆様に御願い申します。隣の鈴木老人や御近所の皆様に宜しく。

幸太郎拝

祖父様、伯父様、伯母様

午前、靖国丸に俸給受け取りに行く。さすがに戦時加俸や四欄加俸《よらんかほう》〔危険手当ともいうべきもので、最も低い一欄から最も高い五欄まであり、潜水艦は四欄に属していた〕で、本艦だけで概算一万六千二百円。一人宛平均百六十円くらいだ。

午後は外舷塗装整備作業。魚雷おろし方。魚雷は六本残してあとは全部母艦に預けて他の潜水艦の予備品とするのだ。弾丸もおろす予定。

十二月二十四日　水曜日　クェゼリン

○六○○〔午前六時〕、重油搭載のため、特務艦隠戸《おんど》に横付する。隠戸では風呂も沸かしてくれて、潜水艦乗員を喜んで入浴させてくれる。酒保から光〔煙草の名〕も五十個買ってきた。

十時半、重油搭載終了。横付をはなして元の錨地へ帰る。一二○○〔正午〕より母艦にて特別攻撃隊の戦死者十一名〔爆雷攻撃で戦死した伊二○潜の先任下仕官を加えてか〕の告別式執行さる。

一二○○より半舷〔乗員の半分〕クェゼリン島散歩上陸を許可されて、久し振りに陸地を踏んでみる。ウェーク陥落の以前なら本島なんかも一番近い基地として敵方からの爆撃圏内にあるところだったが、現在では、敵からの空襲の心配もほとんどなく安心していられる。

第六根拠地隊の所在地、海軍だけで○○○名ぐらいとのことだ。海岸には一千メートルに近い桟橋がつくられつつある。西海岸は敵の敵前上陸に備えて、陣地トーチカらしきものが幾つも構築されているが、いずれも本格的に出来上がっておらず粗末なものだ。人夫も相当来ている。宮城県の古川から来ているというものが四、五人おった。非常に煙草が不自由していたらしいので、持ち合わせのもの一箱をやったら大変嬉しがっておった。帰りに軍事郵便所から手紙を受け取ってくる。うめのから三通、星野兵曹から一通来ていた。いずれも十二月以前のものばかり。一年目かで便りに接したようで嬉しかった。皆元気で何より。父や姉から便りがないので情なくなる。

後ろめたい伊一六潜だけの帰還

十二月二十五日　木曜日

○八〇〇〔午前八時〕、いよいよ内地へ向けて出港だ。先月十八日、死なば同じ戦場でと一緒に出港した他の僚艦だけを置いて、本艦のみ内地へ帰るのが後ろめたい感じがする。

各艦とも帽子を振って別れを惜しんでくれる。こちらでも一生懸命手や帽子を振った。さようなら。再び会う日まで、元気でいろよとばかり。

水道の出口は、飛行機及び哨戒艇の警戒がものものしい。わが艦の前方警戒をやってくれたのだろう。潜水艦は一番に恐しいのは港の出入口のときと聞いておったが、そのゆえ警戒を厳重にしてくれるのだろう。

○九〇〇〔午前九時〕、早速合戦準備、艦内休息甲法だ。再びあのハワイの湾口を思い出させる。相当波が荒い。また今日から内地入港までの十日間、太陽が見られないのだ。そして太陽を見るときは〔日本の〕十二月、極寒の地へ来ているということになるのだからやりきれない。思えば世界も狭いものだ。艦内は再びムッとした人いきれにむせるようだが、これもなつかしいような妙な感じだ。

このまま内地入港まで水上航行らしい。もはや制海権、制空権を握った今日においては、われらの航行する海は日本の領海に等しいものだ。ただ内地沿岸に、数隻の敵潜水艦ありとの情報があるので、それを警戒するのが大事なだけだ。

十二月二十六日　金曜日（航海中）

相当な浪があるようだ。だいぶ艦の動揺がはなはだしい。日本に向かいつつあるのだ。途中、敵国の潜水艦が父島付近に出没しているとの噂があるけれども大したことではあるまい。本日のニュースで香港占領の報が入った。ヤング総督もついに降服せりか。二度の降服勧告を拒否して、敢然戦を挑んだ彼も、ついに力尽きて無条件降服となったのかと思うと可哀相になる。

いよいよ日本も西太平洋における完全なる制海権を執る日も近くなってきたのだ。シンガポール及びフィリピン、ボルネオ、いずれも日本軍の戦果拡大を伝えている。日本潜水艦の活躍も、外電が相当認めている。伊一九潜も一万四千トン撃沈、その他各艦とも、みなたいてい一ないし二隻は、米国商船を撃沈しているのに、本艦だけ別れて内地へ帰りつつあるのだ。情ないような気がする。なんだか本艦が内地へ帰って特殊任務についているうちに、敵の商船がみな沈んでしまってなくなってしまうような気がしてならない。あのハワイの戦果だけが、せめてもの慰めになるくらいのものだ。来月三日入港予定。元旦は太陽を見ることもできない。戦争中なのだ。

開戦後の内地の様子を見るのが楽しみだ。

十二月二十七日　土曜日　内地向け航海中

浪大きく艦のローリングはなはだし。

瀬戸内海でも通るような安心した気持で航海を続ける。情報は電報で、各潜水艦の活躍ぶりのみ報告して来る。只今二三〇〇〔午後十一時〕。

十二月二十八日　日曜日

味方飛行圏内に、本日より入ったのである。

試験潜航も行わなくなった。油断は禁物なれどもなお気持だけは楽だ。出征のときと違って皈《き》〔帰〕路《ろ》ともなれば種々のことを考える。艦内はまだまだ暑い。南洋領をいくばくも離れておらないのだ。しかし二、三日すると寒くなってくる。内地は師走もせまって正月用意だもの。防暑服一枚の今が、四、五日後には外套《がいとう》もほしいくらいの寒さになるのだと思うと、世界も狭いような気がする。

皈路にある今は、ニュースに聞く皇軍の赫々《かくかく》たる進撃、活躍ぶりのみが楽しみだ。

香港の入城式も本日だ。海軍最高指揮官は新見政一中将だと聞く。

畏《かしこ》くも天皇陛下からは三度にわたる嘉尚《かしよう》の勅語を下されたとのことだ。皇軍の意気いよいよ旺盛なるものがあるならん。

フィリピンにおける進撃ぶりも目ざましいようだ。米軍は支えきれずして、マニラを無防備都市宣言をするとかしないとか。米軍の敗戦歴然たり。ボルネオに敵前上陸した皇軍も破竹の進撃にて、すでに油田なども一三〇箇所も確保せりとのことだ。嬉《き》しいニュースを聞きつつわれらは残念無念。髀肉《ひにく》の嘆をかこちつつ特殊任務のため皈途《と》に就く。

十二月二十九日　月曜日　針路二九五度

極めて海上静穏にして、内海を航するごとくなり。

本日のニュース

現在までの帝国潜水艦の活躍、米沿岸及びハワイ付近にて敵商船一〇隻（七万トン）撃沈、大破船舶三隻（三万トン）。右のほか損害を与えたるもの約五隻（四万トン）と発表された。また本日の大本営発表にて、英領ボルネオの首都クチンを占領。本作戦において駆逐艦、掃海艇各一隻を失った。また敵潜水艦二隻を撃沈、大型機一〇機を撃破したことも発表された。

本日の命令電報によれば、特別攻撃隊(本艦欠)は再び補給して、正月早々ハワイ付近哨戒に就くようだ。未だに真珠湾内にいる残存敵艦隊の監視ならん。特攻隊の中から本艦のみ別れてきたのが、またしても残念に思えてしようがない。

十二月三十日 火曜日

本日で広島湾までの航程の約三分の二ほど来たわけだ。本艦、機械ピストン故障多きため、片舷機〔片方のスクリュー〕のみ交代に運転するので一〇――一一節《ノット》弱の速力しか出せないのだ。そろそろ気候も涼しくなってきた。内地に近づいたような気分がする。いよいよあと一日で正月だ。明日の大晦日には散髪し、顔も剃ってさっぱりしよう。

電信室も張り切ってきた。本日より敵潜水艦の電波待受を始む(便乗電信員に手伝って貰って)。

本日のニュースは大したこともないが、敵潜水艦を南西太平洋において、確実に一六隻を撃沈したとのことだ。また去る八日、日米海戦当初、ハワイにおける大戦果がわが航空機によりて記録映画に生々しい現場をそのまま撮影せられて、元旦を期し日本映画社配給にて日本全国各映画館でニュースとして上映されるとのこと。運よくわれわれも呉にて見られるのではないかと、また楽しみが一つふえてきた。

十二月三十一日　水曜日

真夜中から始まった〔波の〕かぶり方があんまり激しいので、朝起きても食事をする気にもなれず、ついまた、そのまま横になってしまった。大晦日なので艦内も日課手入れ甲板掃除くらいはやらねばいけないのだが、誰もやろうとする者もない。自分も散髪もし顔でも剃ってきれいになろうと思ったが、酔ったようで物憂いので止めてしまった。艦長より台風が来たらしいから、海流と気象を受信するよう命令があったので、早速昼の気象を受信してみたら、果してパガンを中心とする周囲に、七四五及び七五三ミリ程度の台風が三ツばかり発生しあり。これらの余波だろうと推察される。警報にては付近の詳報不明とのことだ。

夜食には、年越ソバの替りにウドンがあったが食べなかった。昭和十六年も暮れんとす。ラジオではさかんに明日の元朝〔元旦〕参りは明るくなってからするよう、また正月四日間は、敵飛行機襲来の気配があるから、灯火管制をするようと、繰り返し繰り返し注意している。

ニュースは本年度総合戦果を発表、国民の志気をあおり立てている。大東亜戦争〔日支事変の誤記か〕、第五周年とはいえ、今年の最後の幕は、対英米という強敵を向こうにまわしての大奮戦、大勝利の新たなる興奮の裡《うち》に過ぎ去らんとしている。

真剣さが感じられぬ呉の町の人々

昭和十七年一月元旦　木曜日

爽やかに明けんとする東天を拝し、と言いたいところだが、戦争という運命は、われわれに太陽も見ることを許さない立場にしてしまった。生れてこの方、元旦の陽光を見ざるは今年をもって初めとする。潜水艦という特殊艦艇においては警戒航行となれば見張員のほかは、上甲板に上がることを許されないからだ。その上、なおかつわれわれは洗面も許可されない。すべて戦争だ。戦場においては、それこそ元旦もヘッタクレもない。

それでも朝の御馳走は、主計科員の心尽しとか、雑煮が食べられて幾分正月らしい気分になった。本日は浪も収まったようで、だいぶ静かなので顔剃りを始めた。だいぶ口ヒゲもきれいになって、自慢するようなものになってきた。顔も美しくなったので、さて伊一六潜神社〔艦長室に設けられた伊一六潜水艦の守護神社〕へお参りして武運長久を祈る。

九時十五分には、艦長のみ上甲板へ登られて、信号員の君が代吹奏とともに、宮城遥拝。その他は艦内在所にありて、気を付けをする。昼食には、主計兵手製の羊羹《ようかん》とキントン。なかなか結構な味だった。ほかの卓では、御神酒をあげているところもある。機械室にはいつの間に用意されたか、オソナエが一重と御神酒がそなえられて気分を出している。

ラジオは朝から軍国調でさかんにガナリ立てている。ニュースの時間は相変らず日本軍の快勝のみ。東部マレーの要衝クアンタンを昨三十一日、午前十時二十分占領とのニュースが目新しい。

一五〇〇〔午後三時〕頃になると、わが米国西岸哨戒潜水艦に正月の獲物があらわれたらしい〔ハワイ方面は一二〇〇〔正午〕ごろが日没〕。電報が多くなって乙暗号が来るようになった。2SsB〔第二潜水部隊〕に引っかかったらしい。獲物は航空母艦及び若干の軽巡とのことだ。

今頃は張り切っているだろう彼らのことを思うと、矢も楯もたまらないようだ。神よ、元旦の幸先《さいさき》を祝するため、獲物の見んこと彼らの手にかかりますようと思わず祈る。

一月二日　金曜日

いよいよ明日は入港なのだが、再び台風の中に入ったらしく相当のローリングがあり、ウカウカ寝てもいられないような始末だ。二日ばかりの荒れでだいぶ船足も遅れたらしく、天測によってみると、明日八時半の入港予定が五、六時間遅れるようだ。波は艦橋からかぶって、煙草を吸いにも出られない。左右は三五、六度の傾斜があるそうだ。

寒さがまた猛烈、海水温度が昨日より四度も下がっている。内地の山は雪景色だろう。今朝も雑煮で正月気分を出しただけ。日没後は、低圧排水をやってから第三戦速〔軍艦の速力は微速、半速、原速、強速、戦闘速力＝戦速に分れる。戦速は第一が一六ノット、第二が一八、第三が二〇、第四が二二ノット、第五が最高速力〕となす。また、いっそうかぶりがひどくなってきた。

一九〇〇〔午後七時〕のニュースでは、マニラ陥落も二、三日中でしょうとアナウンスされた。呉入港の頃にはそれもニュースとして聞かれることだろう。艦内でいま乗員の話題となっているのは、シンガポール陥落の日の予想だ。あと一箇月以内とも、三箇月は充分とも言い種々だが、自分としてはその真ん中の二箇月と見ている。

……見張員の話では、近海哨戒の飛行機が夜間でも相当飛んでいるとのことだ。これでは米国潜水艦の日本沿岸に来ているものでも手も足も出まいと思う。

一月三日　土曜日

朝六時、総員起しで飛び起きたら、だいぶ静かになっている。嵐が去ったのか、日本近海になったので静かになったのか？　静かになると身体の調子が非常によい。夕べ寝るときは、我慢してというよりは、艦がかぶっているので着替えるのがいやだからだったかも知れない。

いよいよ内地の島が目に入って、○○航空隊の飛行機が二機ばかり飛来してきて、水路を誘導してくれる。豊後水道は、いたるところ機雷を敷設《ふせつ》してあるので、水先案内がなくてはウッカリ航行できないからだ。内海の島が多くなって、狭水道通過、総員保安配置に就くため初めて前後部ハッチを開く。見渡す限りの山々は雪だ。上甲板に立つと身を切られるように冷たい。午後五時半、なつかしの思い出、安芸灘に入る。十一月十八日、○○準備をして再び帰るまじと決死の覚悟でさようならしたところだ。○○○が厳然として控えている。

入港のころは、少しく曇って雨さえ幾分まじっておった。投錨と同時に、旗艦○○〔長門〕より早速ランチにて艦長迎えの便来る。ついでに軍令部よりの寄贈品のミカン二箱も来た。一人前四個ずつ分配。艦長はランチにて、すぐ旗艦にGF〔連合艦隊〕司令長官に伺候。ハワイ海戦当時の特別攻撃隊の状況を報告して来たに違いない。午後八時過ぎに帰って来たようだ。巡検後、テーブル一同で、無事壮挙達成の乾杯をなす。

明日は六時半出港、呉入港の予定。

一月四日　日曜日　呉入港

〇六〇〇〔午前六時〕安芸灘出港、〇八〇〇〔午前八時〕呉入港。ポンツーン〔浮桟橋に〕横付けする。潜水学校及び潜水艦部の権威らが、早速に桟橋まで来てくれて、これらの人々が育て上げた帝国潜水艦初の戦争ぶりを知らんとして、艦長らと当時の様子を話し合っている。

〇〇当時一緒に出動した航空戦隊も入港しているし、〇〇〇の主力艦、利根、筑摩の8S〔第八戦隊〕も入港している。あんな大きな戦争をしてなおかつ、これらの偉容が軍港に在泊しているのを見ると、海国日本の力強さがひしひし感じられて頼もしき限りだ。

昼食後より半舷上陸〔乗員の半数に許可される上陸。通常は午後七時か七時半まで〕を許可される。久し振りに歩む大地の暖かさも、軍港地と思えばなおいっそう気分もゆったりとして愉快だ。市中のバスに入って身体をきれいにし散髪してから亀山神社に御礼参りする。

町の中はさすがに早くから灯火管制の用意をして、以前のように商店も賑々《にぎにぎ》しく店頭は飾っていないが、事変の発生後となんら変りないのは、町を歩く人の波人の波、特に目立つのは煙草屋、映画館、食堂、酒場が、いずれも表通りへ一列に整列して順番を待っている姿だ。また漫然と散歩する人間の、くったくのない顔、女の服装の相変らずのケバケバしいの、あまりにも平和というのかあさましいというのか、一度も空襲を受けたことのない彼らの心理というものは、戦争観ということにたいしては、われらから見れば淋しき限りだ。一面、これだけ日本の国力が大きいのかとも思われるが、真剣さというものは全然感じることができない。久し振りでゆっくり畳の上に寝てみたいと思ったわれらに対しては、旅館という名の付いたところは、畳一枚の余裕すらも与えてくれない。

戦場の行動に疲れて、休養補給に内地へ帰り着いたわれらにとって、一番暖かいところは艦の自分の寝台だったとは想像もしないことだった。正月気分で、いたるところの乱酔騒ぎも何を意味するものだろう。空襲を受けたこともない、戦場の悲惨なありさまを体験したこともない、死という緊迫感を味わったこともない、そして皇国という強大な国に生れて、それゆえにすっかり馴れきってしまった輩の戦勝の春の一風景かも知れない。

ニュース館にてハワイ空襲の写真を見る。航空戦隊の決死的撮影になるものであるとか。なかなかよく撮されてあったが、われらには市中の人々のそれほどの興味もなかった。十時半頃、艦に帰って寝る。

一月五日　月曜日

艦内休養、半舷外出が許可される。

夕食後、市内散歩に出掛けたが、やはり昨日と同じくあまりの人の波の多いのに驚き、ウンザリして帰る。横須賀に帰ることが確定したので嬉しくなる。やはり横須賀は母港だ。昨年八月入港して以来、予定が幾度も変更になって、つい出征まで入港する機会にも恵まれなかったので、ほんとうに久し振りでしかも戦場からの帰還である。大威張りで帰れるだろう。

出征前二日の休暇で横須賀に帰ったものの、そのときは判然と日米戦を知っておったわけでもなかったので、妻とも万一の場合の覚悟を言って来ただけだった。今度は妻もよく理解してくれるだろう。

郷里からも父を呼んで、再び出動までに一目会って御別れして行きたい。最後となるかも知れぬ独りの親への孝行も、すぐに手をとってしたいものだ。妻の入籍のことも全部決めて、今度こそ何もかも忘れて働けるように。

明日は〇九三〇〔午前九時三十分〕出港、播磨《はりま》灘《なだ》にて約一週間、特殊訓練を行う予定なり。

第二章

マダガスカル島攻撃とインド洋通商破壊作戦

母港横須賀へ向けて回航

昭和十七年一月六日　火曜日　播磨灘《はりまなだ》

○九三〇〔午前九時三十分〕、呉出港。島また島の平和な瀬戸内海を走ること約五時間余。水上機母艦千代田の航跡について進む途中、讃岐《さぬき》の沖合いを通るとき、艦内総員醵金《きょきん》してそれを樽《たる》に入れ、それに金比羅へ参らす奉納の旗を立てて海へ流す。金比羅様は名高い水神で、海軍ならずとも商船の乗員らは讃岐の沖を航海するときは、この例に倣《なら》うのである。そして海上無事の祈願をなすと聞く。海に流された樽は、付近の漁船に拾い上げられて金比羅様に届けられ、また樽を拾った漁師は、その日一日、縁起がよいといって仕事を休むと聞いている。

午後三時半、播磨灘着、仮泊。名高い播磨造船所の煙突がはるか沖合いに望まれる。内海の夕陽は赤く静かに沈んで行く。

一月七日　水曜日

○八〇〇〔午前八時〕出港。ただちに打合せ通りの訓練に移る。特殊潜航艇との通信による会合訓練だ。詳細なことについては筆記の自由をもたぬが、割合に順調に経過するも、第三回次本艦水中聴音機故障のため本日の訓練、一四〇〇〔午後二時〕中止となる。

ラジオによる戦況ニュースを聴取せんものと受信機を調整するも、音色明瞭ならず。かつ毎日kc〔キロサイクル。周波数〕の変化するため困難を感ず。全国、ラジオの統制によって敵性国家の利用を防止せんとするためならん。実際、東京なぞ、位置不明なる夜間等においてもこのラジオの電波を利用して、敵機がその電波を誘導体として盲目飛行にて東京上空でもどこの上空にでも来ることができるのだ。恐ろしきものは油断である。

一月八日　木曜日　播磨灘

○八三〇〔午前八時三十分〕出動。昨日と同訓練を実施す。海上相当荒れ、白波もずいぶん立っていたが、順調に経過、一五三〇〔午後三時三十分〕〔訓練基地に〕入港す。千代田にて入浴準備しありの信号にて、乗員全部交代にて入浴に行く。

本日午後、伊二五潜水艦よりの緊急電報により、ラングレー型航空母艦一隻を撃沈せりとの快報あり。乗員歓呼して喜ぶ。久し振りでの快報、ついに先遣部隊潜水艦によりて大物を仕止めたのだ。

運がよかったといえばそれまでだが、なんにしても羨しいことだ。これでアメリカには、あと五隻しか空母が残っていない。われわれの次期出動まで残っていてくれるとよいが。

一月九日　金曜日

○九三〇〔午前九時三十分〕出動。洋上における特殊筒との会合訓練を実施。無線方位測定による誘導法の成績は、誤差七度ないし一度にてやや良好に経過する。午後二時入港。

○八〇〇〔午前八時〕陸上に便があるので公用使《こうようし》〔公用に出る使い。郵便物、貯金の出し入れなど、電信の兵隊がなることが多かった〕に託して沼間に電報を打つ。十四日、横須賀に入港の予定で。

本日のニュースで、昨日伊二五潜が沈めたラングレー型航空母艦のことが公表された。帝国潜水艦によって航空母艦一隻撃沈さる、とアナウンサーの声がラジオのスピーカーより流れ出たときは、実に嬉しかった。

また三浦半島沖において、帝国商船運海丸が敵国潜水艦により襲撃を受けたとの報道には、いささかショックを受けた。英米いずれの潜水艦なりや不明なるも、帝都の表玄関でかかることがあったことは、打撃も大きかろう。日本人はかようなことには悲観しやすいから（アングロサクソン特有の、ネバリというものが薄い国民性だから）。乗組員は全部救助されたとのことが何よりだった。

　敵ながら天晴れな潜水艦だと賞めてやりたい。あるいは遠く遠征してきた潜水艦が、あらゆる基地を日本にうばわれて帰るにすべなく、死に物狂いでやったのかも知れぬ。情報によれば、帝国近海にはまだまだ潜水艦がいるらしいから、本艦も四、五日後に横須賀に回航する航路が油断ができない。

　本日の朝刊に、大本営海軍報道部長平出大佐談話「世界を開く日本」と題して非常に感銘深い演説を発表している。大要左のごときものである。

「帝国海軍の伝統的精神は、敵を倒すまでは断じて死なぬということである。この烈々たる攻撃精神は、不断の猛訓練によって磨かれ、今回の戦果を生み出した、と。また、英米連合艦隊が来襲すれば、わが軍はこれを待ち構えて、一挙に撃破するばかりである。その結果、戦争を短期に終結せしめ得よう。帝国海軍はすでに太平洋の制海権を握り、さらに必要とあればなお数千浬《かいり》の作戦区域の拡張も可能であり、いつかは太平洋、インド洋を新日本海と称する日が来るかも知れぬと」

　さらに緒戦におけるわれらが特別攻撃隊の決死的壮挙に関しても、詳細にわたって発表され、読むわれわれにとって力強く、嬉しい贈り物であった。われわれはこれを読んで、なおいっそう一死奉公の意を固くするであろう。マレー半島における戦況も著しく進展を見、シンガポールの牙城もまたいくばくもなくして香港、比島と運命を共にする日も近からん。われらはその一日も早からんことを祈りつつ、自分らの職務に専心、誠を尽すだろう。

一月十日　土曜日

本日は、夜間洋上会合訓練のため一七三〇〔午後五時三十分〕出動。方位測定誘導、聴音測定、及び水信無線同時発射による距離測定等実施せしも、あまり円滑には行われなかった。第二、三回も実施予定なりしも取り止められて十時半頃入港する。

今朝〇二三〇〔午前二時三十分〕、伊一八潜より作戦緊急電報にて、米国レキシントン型航空母艦一隻、及び重巡一隻を発見〔針路二五〇度速力一四節《ノット》〕、われこれを追躡《ついじょう》中との報ありたり。

基地に、帰り途にある潜水艦２ＳｓＢ〔第二潜水部隊〕もＥＢ〔先遣部隊〕指揮よりの命令により、急遽《きゅうきょ》その方面に向かいつつあるもののごとし。いままでエンタープライズを二度も取り逃がしたのであるが、今度こそうまくつかまえてくれますよう祈る。内地に皈《かえ》って来ていて、こんな電報を取ると実際やきもきするけれども致し方がない。潜水艦はなかなか速力が出ない上、昼間の追躡はむずかしいのに引きかえ、敵艦は速力が出るのだから見失うことが多い。ことに発見したのが〇二三〇〔午前二時三十分〕でハワイ付近ならば、夜明けだからいっそう困難だ。

マレー半島の戦争も相当進展しているし、比島マニラには早や軍政が布かれているとのことだ。大東亜戦争の前途たるや誠に輝かしい。

一月十一日　日曜日

ストックホルム九日ロンドン来電。英海軍省は軽巡洋艦ガクティア号（五千二百二十トン）が魚雷攻撃を受け、沈没した旨九日発表した（たぶん独潜ならん）。

前ダバオ総領事木原次太郎氏は、バルガス代理マニラ市長の政治顧問に就任するに決した。

本日もタンク〔甲標的〕との洋上会合訓練実施。一七三〇〔午後五時三十分〕出港。二〇〇〇〔午後八時〕より会合訓練。馴れたゆえに非常に円滑に行われて〇九〇〇〔午後九時、二一〇〇の誤記か〕には終了する。二三〇〇〔午後十一時〕入港。

一月十二日　月曜日

〇六〇〇〔午前六時〕播磨灘出港。横須賀に向け回航する。淡路島を右に見て紀淡海峡《きたんかいきょう》を通過。途中大阪警備府管の哨戒艇に航路の指示を受けながら航行する。一五三〇〔午後三時三十分〕潮岬《しおのみさき》通過。千代田との連絡良好。潮岬以後、横須賀通信系に入ろうとして、一七五キロサイクルにて、さかんに呼び出すも応答なし。送信機の状態もあまり良好ならず。かつ一七〇〇〔午後五時〕以後、千代田との連絡も不良となる。夜間に入りて全然どこことも連絡とれぬままに暗夜の海上を航行。

午後十時四十五分、突然「砲戦用意」の号令に、就寝中の夢を破らる。次いで「総員潜航配置に就け」――、敵〔の潜水艦〕、潜没〔急速潜航〕。潜水艦発見だったのだ。それ、というので手早く軍服を着て戦闘配置たる電信室に来る。二二五七〔午後十時五十七分〕半速力となす。海上は曇っていて真っ暗闇だ。敵潜水艦はやはり真っ暗闇なために本艦の接近するのを知らずにいたらしく、泡を食って潜没したようで潜望鏡を出したまま、本艦とすれすれに左舷を横に航して行ったとのことだった。波の白さで発見したとのことだった〔松本兵曹発見〕。

位置、大王崎《だいおうざき》の一五二度二八浬なり。しばらく砲戦用意をしたまま付近捜索せるも、その後不明となる。おそらく深度を深くして潜没して行ったならん。ついに発見できず、むなしく再び航海を続く。

そのうち、再び敵レキシントン〔航空母艦〕襲撃の報に〔時刻一四四〇〕艦内沸き立つ。一昨日以来、追い回したあげく、ついに伊号第六潜水艦により、魚雷二本命中させられ、約七分後大いなる誘爆音を二回聞くとのことゆえ、おそらく沈没せしならん。伊六号はただちに駆逐艦の制圧爆雷攻撃を受け、潜没。われに被害なしとのことだが、すぐ潜没したので、レキシントンの前途を見極める暇《いとま》がなかったのかも知れぬ。アメリカの航空母艦は護衛艦として重巡一隻、駆逐艦二隻ぐらいしか伴わないのでは、潜水艦としては絶好の襲撃目標となるのも無理はない。わがマーシャル群島の襲撃を企図せるらしかったが、ついに先にラングレー、いまレキシントン、帝国潜水艦の前にあえなき最期をとげてしまった。

レキシントンは公表三万三千トンにて、わが加賀、赤城級のもので、かねて潜水艦乗組員は不断の訓練にも、もし日米開戦とならば、まずサラトガ、レキシントンをとまで口ぐせのようになっていたもので、ついに伊六潜によってその一つをやっつけて、問題の半分を解決してくれた。残るサラトガは誰が撃沈するか？ 米国も相当の痛手を受け、神経衰弱の気味ならん〔伊六潜の雷撃を受けたのはサラトガで、魚雷一本が命中。損傷し、真珠湾に引き返した。もちろん、沈没はしていない〕。

英国もマレー半島の敗戦に次ぐ敗戦で、チャーチル首相の辞職説が有力になったとのことである。

一月十三日 火曜日

思えば長いこと母港に帰らなかったもの。午前十時、久し振りに見る横須賀の港内、逸見の波止場も戦前のように面会人の姿も見受けられないが、チラリと町並の一部をのぞかせてなつかしい。遺憾ながら本日は当直なので、短時間入湯〔入湯上陸＝原則として夕食後より翌朝食までの上陸をいう〕で集会所に落ち着いただけ。

一月十四日　水曜日――二月六日　金曜日

約二十日余り、横須賀にての整備、補給、休養、そして自分には結婚以来初めてのゆっくりとした憩いの期間なのだ。

二十一日、郷里の父から電報で来横〔須賀〕の旨知らしてきたので、上野駅までうめのを迎えに出す。再び出動を控えてのこの短い期間、休暇もないので、仕方なく旅行に不自由な老人をわざわざ呼んだのだ。戦争なればいつ果てるとも知れないこの身には、ただ独りの父への最後の孝養のつもりなのだ。うめのと二人で、思う存分いたわって帰りには鎌倉、江の島、東京を案内して、二十五日、夜行で郷里に帰す。

その後、父よりの便りにて、満足だったらしい様子だったので安心。なおその後うめの入籍の件も解決したので、すべて心残りもない。〔一月〕三十一日土曜日には小林〔長作〕兵曹を呼んで久し振りに歓談、久闊を〔叙し、旧交を〕温めた。

六日、明日はいよいよ出港だ。糧食を搭載終る。今晩が最後の入湯〔入湯上陸〕なので、池田さんらと食事を一緒にする。うめのにもあとのことは心残りなく申し伝えておいた。心残りなし。簡単に父と姉に手紙を認《したた》め就寝する。

呉での改造と安芸灘での訓練

二月七日　土曜日　晴

二十日余りの補給、修理も終え、母港横須賀とも本日お別れだ。〇五三〇〔午前五時三十分〕起きて妻の心尽しの朝食を済まして艦に帰る。この前の出動のときウッカリして忘れていった亡母の写真も持ったし、父親も横須賀に呼び寄せてもてなしてやったし、妻にも後々のことを充分話しておいたから心残りはない。晴れの再征だ。天気は上々、ただ少し風が強いようだ。

午前中、真水約四〇トンばかり積み終り、午後三時半、抜錨。僚艦やサントス丸〔かつての母艦〕に手を振って貰って別れを惜しむ。

午後になって風が強くなってきて、この分では相当港外は荒れるぞと思っておったが、果して館山沖辺から相当の動揺を始めた。東京湾を出て城ケ島を過ぎる頃には、ますます荒れがはげしく、しばらく振りの航海のゆえも手伝って、吐気を催したくなる。早速にベッドにもぐり込んだ。

本日の朝刊にはジャワ沖海戦の詳報が出ておった。蘭巡〔オランダの巡洋艦〕六千トン級二隻撃沈、一隻及び米巡〔アメリカの巡洋艦〕一隻に中破、いずれもわが航空機によるものと発表。

二月八日　日曜日　晴

午前中相当の荒れを見せておったが、一二〇〇〔正午〕潮岬《しおのみさき》をかわすころから大分凪《なぎ》になってきて、やっと元気が出る。でもまだ食事がまずいのでリンゴなんかを口直しに食べたりして我慢する。

本日の発信電報

八日〇五〇〇〔午前五時〕、位置大王崎の一二四度三二〇浬。針路二四六度。速力一二節《ノット》。一二〇〇〔正午〕、潮岬南方五浬を通過。針路二五三度、速力一六節《ノット》の予定。

宛大阪警備府長官、小松島空司令、由良内防司令。

紀淡海峡付近を通過する頃は、敵潜水艦襲撃の恐れあるので速力を早くする。

先月の十二日の夜、横須賀回航の途次、敵潜水艦と遭ったのはちょうど今朝〇五〇〇に通過した大王崎付近だった。夕刻より海上極めて静穏となる。夜航海を続く。

二月九日　月曜日

本日午後五時、大本営発表により、帝国陸軍部隊はついにジョホール水道を敵前渡河に成功せり。さしも堅塁を誇るシンガポール要塞も、皇軍独特の敵前上陸の前にはいかんともなし難しと知ったことだろう。その後の詳報は未だ不明なるも、一度上陸進撃を開始したなら、シンガポールの運命も遠からずの感あり。

午後四時、艦隊泊地桂島《かつらじま》（広島湾）〔広島湾にある柱島《はしらじま》の北東にあった特殊潜航艇の基地〕着。軍艦千代田と会合する。午後六時、艦長以下関係者、千代田に訓練打合せに行く。

二月十日　火曜日　晴　風強し

ニュース。シンガポール上陸部隊は、テンガー飛行場を占領す。本日訓練なし。艦内大掃除。昨日の打合せの結果、再び行動予定変更になり、本月十九日まで訓練（筒）、以後三月十日まで呉にて○○改造〔甲標的と潜水艦を連絡させる交通筒をつける改造を行った〕。作戦行動はその後と予定さる。

いよいよ本艦も運命の神に見放されたような格好だ。訓練やら改造やらで、僚艦のようにいつ再び華々しい作戦行動に移るのやら見当がつかない。乗員一同、ムシャクシャした気持で皆溜息ばかりついている。いずれは本艦、一度行動を開始すれば、再び前のハワイ海戦のごとき驚天動地の大作戦が敢行されるものであるが、それまでの期間、いかにして暮すのやら。せめて作戦地にあって哨戒配備にでも就いて、敵商船の一隻も撃沈するのならよいが、まごまごすると金勲もオジャンになりそうだ。

二月十一日　水曜日　紀元節

紀元二千六百二年の建国祭、そして大東亜戦第一回の紀元節。われわれは海上において輝かしくこれを迎える。午前九時十五分、第一種軍装に着替えて遥拝式に臨む。風強けれども天気は晴朗だ。

この佳《よ》き日、われらが皇軍将兵は、世界各地に分散して大東亜戦遂行のため華々しく活躍しつつあるのだ。「予感、何かあるな」と思っておったが、果してラジオニュースにより、ジョホール水道より敵前渡河に成功せる皇軍は、息をもつかせぬ猛進撃により、ついにテンガー飛行場を占領。シンガポール市街に突入せりとの快報だ。ブキ・テマ高地占領（シンガポール最高峰の要塞）のニュースだ。折から昼食中の艦内、沸き立つ。

皇軍の進撃の前には、世界四大要塞も何事かあらん。牙城シンガポールの運命もあと幾時間の命脈ぞ。紀元の佳き日、現地にある兵隊の志気もさぞかしと察する。われらは今、広島湾安芸灘にありて、これらの快報をよそに黙々として特殊潜航艇との各種訓練に一生懸命なのだ。去るハワイ海戦の折の特殊潜航艇の働きを思い出す。今度はいかなる大作戦が展開されるか。そしてわれわれの前にいかなる獲物があらわれるか。桜咲くころを見よ。われらが特別攻撃隊の作戦を僚艦の一部は、今なお米西岸にありて変幻極まりなき作戦によって、米太平洋艦隊を悩まし続けている。われらの次の作戦はいずこ、アラスカなりや、豪州なりや、それはわれらにも知り得る限りのものではない。

二月十二日　木曜日

午前八時出港。特殊潜航艇の訓練及び通信科作業としては、短波方位測定による自差曲線作成及び自隊訓練。入港は午後二時。

二月十三日　金曜日

対筒訓練なし。整備作業。午後四時、総員集合。艦長より部署その他につき、訓辞並びに読み聞かせあり。

去る十二月八日、ハワイ海戦当初、特殊潜航艇乗員として本艦乗組であった横山中尉（少佐）、上田二曹〔二等兵曹〕（兵曹長）二名とも（二階級進級）の回想録、いずれも卓を同じうせし本艦乗員により、編纂《へんさん》せられしもの発行さる。今さらながらニコッと笑って、最後の別れをした故二勇士の勇しき心情を思って心の引きしまるのを覚える。在天の英霊よ安けくあれと祈る。

二月十四日　土曜日　曇　夕刻より雪　安芸灘

艦内整備作業。午後五時四十五分出動。対特殊潜航艇夜間会合訓練。水中信号及び無線方位測定による誘導会合。やや良好に実施さる。午後九時入港。

二月十五日　日曜日　朝小雪

いつもより暖かいような気がした。朝、上甲板に出てみると、四方の山は夕べの小雪で薄雪がかかり、非常に美しい。……本日も午後一時十五分出港。自隊訓練及び対特潜夜間会合訓練。本日の無線方位測定は結果非常に良好で、誤差最大一〇度、また水信〔水中受信［音響］〕による距離六〇〇〇にて聴取可能。及び無線、水信により、同時発射時間差により距離測定も良好なり。午後七時のニュースにて、陸軍航空部隊によるデサント部隊のスマトラ島パレンバンに降下。着々戦果拡大中との報入る。

午後十時のニュース、大本営発表にて、ついに快報。シンガポール英軍は白旗を掲げ無条件降服せり。時に午後七時五十分との報入る。ああ、ついにシンガポールは陥落したのだ。一億国民ひとしく待ちに待ったこの日。英国が不落を誇ったシンガポールは、無条件降服という哀れなる状況の下に、皇軍の前に城下の盟《ちかい》〔敵に攻められ、仕方なく講和すること〕をなしたのだ。ベッドの中でこの快報を聞いたわれわれの胸には、言い知れぬ感激と歓喜にあふれる。ああ、われわれは毎日毎日この快報のある日を待ってニュースを心待ちにしたことか。内地の喜びと興奮はどんなであろうか。ベッドの上で眠れぬ気持にかられる。日英両軍、午後十一時、停戦となる。

二月十六日　月曜日　晴　風強し　安芸灘

整備作業部署教練。午後六時出港。対筒夜間会合訓練実施。入港午後十時半。

二月十七日　火曜日

久し振りにて雲一つなく、晴れた青空を見せて暖かい。海上も油を流したように波もなく、凪《な》いでいる。瀬戸内海本然の姿に還ったように、四方の島を映して美しい。総員寝具乾かし方。午後、進級試験実施。午後六時出港。対筒夜間会合訓練。午後八時半入港（非常に円滑に実施されたり）。

本日のニュースはシンガポール陥落で終始された。

二月十八日　水曜日　安芸灘

整備作業。対特潜夜間会合訓練のため出動。午後八時十五分入港。

二月十九日　木曜日

対特潜特殊訓練及び自隊訓練。

二月二十日　金曜日

午前七時、安芸灘抜錨。呉回航。午前十一時入港す。新しい母艦平安丸から早速に郵便物を届けて来た。うめのから三通、若柳の姉から一通来ておった。しばらく振りで、ゐみほ姉の便りを嬉しく読んだ。うめののほうは、またどこかへ引っ越すとか書いてあったが、なかなか大変だ。間違いがなければよいが。分別のないものでもなし、大丈夫だろうとは思うが。

〔幸太郎の父親の転居地〕佐沼国防婦人会からの慰問袋の御礼状、本日軍事郵便にて出す。ついでに、しばらく御無沙汰しておった鹿島台の姉にも手紙を出した。本日当直なり。チラホラ小雪が降り出して、灰ヶ峰も寒そうにそびえ立っている。

二月二十八日　土曜日　晴　呉軍港

二月もいよいよ本日で終りだ。一雨ごとに暖かくなっていくような気がする。外出するにも外套《がいとう》も不用となった。これからわれわれ特別攻撃隊は、暑いほうに行動するのか、寒いほうに行動するのか知れないが、いずれにしても寒いのよりは暑いほうが作戦行動にも仕事が楽なようだ。来月十日までに修理を終え、再び出港するのではないか。こうして現在、軍港にいるのもなんだか気が引けるようでいやだ。○○潜水艦による米本土砲撃や、ロンボック沖における駆逐艦荒潮、親潮などの大戦果等を聞くと、ジッとしていられないような気がする。

本日の新聞で、海鷲による米空母ヨークタウン号（？）の大破なども大本営から発表された。素晴しき帝国海軍の戦果。末はまったくジャワ、スマトラも皇軍の占領するところとなったのである。さらにポートダーウィン（豪州）の空襲等々……。

手紙発信。佐藤信四郎、横田花子、池田静子、石川うめの、石川吉幸、千葉広各位。高橋とき子姉、及川ゑみほ姉。

三月十九日　木曜日

長い呉在泊の修理、整備も完成した。明日は各種訓練試験のため出動。安芸灘に向かう。

われら特別攻撃隊の第二回の光栄ある作戦行動も、四月上旬と決定された。GF〔連合艦隊〕長官からの作戦命令により、大略の行動概要も判明した。

特攻隊の編成する部隊は、伊一〇潜水艦を旗艦とする第八潜水戦隊及びそれに付随する部隊は、水上機母艦千代田、日進、特設巡洋艦報国丸、愛国丸、これらによって豪州南端、及びインド洋、及び遠く南アフリカ方面の広域にわたる通商破壊及び奇襲である。

思い起すあのハワイの大奇襲作戦。この度は果していかん？　思えば血管のたぎるのを覚える。あと旬日の訓練整備の後、作戦行動に移るのだ。一度行動を起せば、半箇年かあるいは永久に還る日なきか。いずれにしてもわれらは生の観念を去らねばいけないのだ。光栄ある軍神横山少佐、上田兵曹長を生んだわれら伊一六潜の乗員だ。一人残らず軍神とならんの意気をもって突進せねばならない。長い内地在泊期間中、すべて公私共に心に残ることは始末した。さばさばした気持になって出港できるのを嬉しく思う。

うめのも案外元気だし、子供もできたようだからそのほうも安心。立派な石川第二世として育ててくれることと信じている。四月上旬、出港前に最後の便りを書くことにしよう。

三月二十三日　月曜日

整備作業も今日で終り、明日から最終の訓練が始まる。二十七日まで、そして二十七日以後は、四月三、四日まで出動準備。糧食、燃料、被服等万全を期して作戦地に向かうのだ。防暑及び防寒両方の用意が必要だ。上部構造物中の管関係も、ほとんど防寒のため、莚《むしろ》をもって覆いをした。遠く赤道を越えて南下し、南氷洋に近いところまで行動するのである。南といえば暑いと思うのは大きな間違いだ。

ニュースや新聞ではあまりパッとしたこともなく、すべての戦線が停頓状態のように思われる。軍の機密だからどんな作戦をしているか知れないが、われらが特別攻撃隊が近いうちにきっと再び敵も味方もあっと言わせるような大奇襲をやるのだと思うと、考えるだけでも痛快だ。

今次の作戦も決して生やさしい作戦ではないことと思う。あるいは大なる犠牲も免れまい。われわれはもちろん喜んで死んで行こう。横山中尉や上田兵曹らの後を追って行くのも、まんざら悪い気持じゃあない。

三月二十四日　火曜日

○九〇〇〔午前九時〕、呉出港。訓練地安芸灘に向かう。本日より四日間、特殊潜航艇との総合訓練だ。何事も訓練あっての賜物だ。大奇襲成功のその発表あるまで、われわれは黙々として訓練並びに作動に従事すればよいのだ。

一三一五〔午後一時十五分〕、方位測定機自差修正曲線作成。電波八三六五キロサイクル、被測定艦千代田。

一八〇〇〔午後六時〕、総員集合があって先任将校より洋上曳航《えいこう》補給に関する要領説明ありたり。今次の作戦行動は行動範囲が大きいので、今までのように燃料補給なしでは、とても行動できないのである。それで、愛国丸、報国丸による航行中の補給を行うのだ。今までと違って、洋上補給も作戦場におけるものゆえ、いつ敵の襲撃があるかも知れない。それゆえ航行中の補給、補給艦は速力七節《ノット》―八節《ノット》、潜水艦はそれより約一節《ノット》減の水上航行状態における補給なのだ。二十六日、二十七日はその実際訓練が施行される。午後十一時、日進横付、筒搭載後、元錨地へ復帰。

三月二十五日　水曜日

○九〇〇〔午前九時〕、出動。安芸灘において筒離脱試験実施。海上平穏にして油を流したように美しい。

伊二〇、伊一八、伊二四、伊一〇共に出動して、各試験を行っている。筒離脱試験は極めて良好に実施された。終って自隊訓練及び各部艦内精密試験を行い、入港は一八〇〇〔午後六時〕、夜間会合訓練はなし。

三月二十六日　木曜日

○八〇〇〔午前八時〕出動、報国丸、愛国丸〔いずれも一四センチ砲八門及び〔魚雷〕発射管を有する快速特設巡洋艦〕よりの洋上航行補給訓練、一〇〇〇〔午前十時〕より実施する。

伊二〇、伊一八、伊一六の順で、昼間は本艦は三回目、夜間は二回目、しかし夜間は波が荒く、作業が困難のようだった。ドイツのU二二号潜水艦長の手記『Uボートは西』の単行本を借りて読む。潜水艦の生活や苦難の航海や敵攻撃の模様がなかなか委《くわ》しく書いてあって参考になる（前欧州大戦当時のこと）。

われわれも目下、戦争の最中に潜水艦乗りとしての重責を担っている。そしてまた遠からずあらゆる困難と遭遇する場面にも出会《でくわ》すことであろう。この独潜艦長の手記のごとく、あらゆる勇気と決断とによって事に処し、艦長を信頼して勇敢に戦わねばならぬのだ。

須田（先任伍長）、金森（砲長）、那口（砲旋回）、大鐘（機械班長）四名、兵曹長へ進級の内命ありたり。おめでとうをいう。第二期作戦を前にしての四名の補充交代も、本艦にとっては相当の打撃になるだろう。潜水艦乗員の足りない折、馴れた人が代りに来てくれればよいが。

三月二十七日　金曜日
午後四時出港。夜間会合訓練施行の予定なりしも、補助発電機運転中、突然故障発生せるため即日、呉回航修理のこととなり、午後四時、安芸灘より帰港する。午後六時半入港。

四月六日　月曜日、於伊予灘

午前八時出港。対愛国丸、昼夜間における曳航《えいこう》、補給訓練施行のため伊予灘に向かう。夜間補給は二四〇〇〔午後十二時〕から施行のため翌朝になる模様だ。本艦の行動予定も確定した。

明七日朝、入港。七、八、九日、呉在泊。九日、亀山神社参拝。十日、十一日、十二日、出動。対特殊潜航艇夜間会合訓練。十二日、入港、翌十三日、呉泊。十四日、出征だ。待ちに待ったというよりは、いよいよ延期に延期を重ねた伊一六潜水艦もやっと腰を上げたといったようなものである。満三箇月、整備といっても、なんのなすところもなく、内地部隊とアダ名の付いた本艦なのだ。われわれも内地にいる間は決して落ち着けない。出征の一日も早かれと願うものこそあれ、呉のようなところには真っ平御免と言うばかりだ。

しかしその願いも、やっとあと一週間後となったのだ。そのうち、上陸は三回ぐらいだから、必要な日用品を買いととのえて、万全の用意をしておかなければいけない。石森上区部落常会〔幸太郎の郷里〕より慰問袋を贈らる。中里のほうからも便りがあり、安心した。元気で鎌倉で働いているとのことだった。郷里のほうへの便りは、全部出征後、もし生きて基地へでも帰ったそのとき書くことにして出港前は止めにする。

ケープタウンまで四箇月の長期作戦

四月十五日　水曜日

夕べは薄曇なので、明日の出港時の天気がどうかと危ぶまれていたのが、見事に晴れた今朝の空。青い空に太陽が輝き、海上は素晴しく静穏だ。本日出征の途に就くわれらが精鋭潜水戦隊の前途を祝福するようだ。思わず東天を拝して前途に幸あれと祈る心も清く尊い。

思えば昨年十一月十八日、かねてその日のあることを期して、同じこの呉軍港を出港してハワイに一路前進したときの、あの感激に打たれた気持と、今の気持と何が異なろう。ただわれわれは大君に捧げたこの身が、今なお再び第二段の作戦地に向け、同じ感激の下に同じ港を出港するようになろうとは。

一二〇〇〔正午〕抜錨。伊一〇潜水艦をトップに、続く伊二〇、伊一八、伊一六（第一潜水隊）と静かにすべり出す。在港艦船は登舷礼式《とうげんれいしき》にて送ってくれる。帽子を振る者やなにやら励ましの言葉を言っている者。……さようなら祖国よ、同胞よ。本艦は一度桂島の基地に集合、今晩もう一度最後の対特殊潜航艇の夜間会合訓練をなしたる後、明朝作戦地へ向かうのである。

午後五時四十五分、黄昏《たそがれ》せまる海上にて総員集合。艦長より概略にわたる爾後の作戦に関する行動及び整備衛生等に関する諸注意ありたり。大略左のごとし。

本隊は先遣部隊甲先遣支隊となりて、明日、桂島より作戦地に向かう。だいたい本月二十六日頃、ペナン基地に進出、約三日間のうちに補給を終え二十九日ごろ基地発、インド洋アフリカ東岸アデン、モンバサ、ダーバン等の敵撃滅、及び情況によってはケープタウンまで進出するようになるだろう。だいたい偵察によって、有力な敵の部隊、前記の場所にいるか否かをたしかめて襲撃を決行し、しかる後は、アフリカ―インド洋間、豪州―アフリカ間の通商破壊をなしつつ、八月中旬、ペナンに帰る。約四箇月、なおその後は南方部隊に編入されるかも知れずとのことだ。

今までこんな長い行動は経験がない。頑張り一つで身を維持してゆかなければならぬ。身体は必ずや相当の疲労を伴うだろう。父からも病気にだけはなってくれるなとの励ましの手紙があった……。が、潜水艦だけは、相当丈夫な人でさえも二、三箇月の長期行動で倒れることも少なくないのだから、自分みたいに身体の弱い者は余程の注意が肝要だ。最後に妻と妻の両親と、湯田のお繁叔母さん（兵隊叔母さん）とに便りを書いた。いざ出港してみると、すっかりサバサバして気持がよい。軍港などに長く在泊しておって、小遣の少ないのを心配しながら上陸を続けることよりも余程気分がよい。

再びこの日誌を書き続ける日が来たのは嬉しいことだ。

四月十六日 木曜日 曇後雨

夕べ最後の対特殊潜航艇との訓練を終って、桂島に勢ぞろいした8Ss〔第八潜水戦隊〕の精鋭〇〇隻の潜水艦及び香取、千代田、日進、報国、愛国両特設巡洋艦は、いよいよ一一〇〇〔午前十一時〕、GF〔連合艦隊〕長官よりの「御成功を祈る」の発光信号をいただいて、勇躍して壮途に就く。昨日に比し、空は薄暗く、春雨がしめっぽく降っている。これが最後ともなるべき四方の島、山も雨にけむって薄ぼんやりと浮ぶ。

まずトップを切って、乙先遣支隊伊二一、伊二二、伊二四がすべり出す。次いで丙EB〔先遣〕支隊伊二七、伊二八、伊二九、香取、伊一〇、伊二〇、伊一八、伊一六の順序で、本艦はラストを給《たまわ》っている。報国丸はさらに本艦の後方三〇浬《かいり》を来る予定。

一七〇〇〔午後五時〕、合戦準備がありて、総員潜航配置に就いてキングストン〔弁=主注水弁〕を開き、いつでも急速潜航できるようにして解散、早速艦内休息乙法で喫煙も自由にはできなくなる。戦闘航行の状態に入ったのである。これでいつ敵があらわれようとも、直ちに攻撃でも守備にでも転じられる。

乙、丙EB〔先遣〕支隊と別れて、本隊は四隻のみで編隊航行に移る。一九三〇〔午後七時三十分〕水ノ子灯台を左舷後方に見る。豊後水道の出口だ。敵潜水艦の出没するのもこの付近と聞いている。現に昨日出港した愛国丸が敵潜水艦の砲撃を受けて引き返しているのだ。種子島《たねがしま》付近にもいるらしい。暗号長の話によると本日も敵潜によって七千トン級運輸船が一隻、台湾と比島の間で撃沈されている。

二〇〇〇〔午後八時〕解列して単独航行に移る。敵潜警戒のためだ。海上は割合に静かだ。雨も止んだようだ。どうやら第一夜はあんまりかぶりもせんでゆっくり寝られそうだ。

四月十七日　金曜日

〇四―〇六〔午前四時―六時〕の当直を終えて、喫煙のために艦橋に登ってみる。雨こそ降らないが本日も曇。太陽は拝めない。艦首方位一八〇度。日本より真っすぐに南下の形だ。

この前のハワイ付近の海面と比較すれば、ほんとうに穏やかで、どうやらここ二、三日はゆっくり寝られそうだ。夕べ編隊を解いてその開距離一五浬。僚艦の姿は見えない。

しばらく空気の悪いのに馴れないゆえか、無性に眠い。二時間の当直を終えて、次の当直まで四時間眠って、まだ足りないようだ。それにそろそろ暑くなってきた。食事のあとなぞ、ちょっと汗をかく。あと二、三日したら防暑服だろう。本日は朝食を抜いた。あまり身体を動かさないのだからちょうどよいようだ。

　最新世界地図を広げて、これからわれらが活躍すべきアフリカ東岸のほうの細かいところを見る。想像するだに楽しみだ。

四月十八日　土曜日
○八〇〇〔午前八時〕ごろより、急に作戦緊急電報が入るようになったので急いで翻訳してみると、案にたがわず敵航空母艦三隻、東京より七五〇浬東南方海上に出現。発令〇六〇〇〔午前六時〕である。さては帝都空襲をもくろむ米国生残りの空母エンタープライズ、サラトガ、ワスプ等であろう。
　各潜水部隊にも電は飛ぶ。もしも帝都が空襲されたらと心配だ。あいにくとわれらの甲EB〔先遣〕支隊は、方向違いの台湾方面に向かっているので引き返すわけにはゆかぬのだ。ただわれわれはこのニュースを聞きながら、桂島で別れた乙丙EB〔先遣〕支隊や3SsB〔第三潜水部隊〕の連中が、うまくこの空母をつかまえて海底に葬り去ってくれますように祈る。

　一七三〇〔午後五時三十分〕の新聞電報により、ついに東京空襲の実報を得る。ついにわが本土をして敵飛行機による最初の空襲をなさしめてしまったのである。残念と思えども仕方なし。ニュースによれば襲われた地方は、東京、横浜、名古屋、神戸、八日市、和歌山の農村地帯にて、いずれも被害軽微なりとのこと、やや愁眉を開いた気持だ。東京では敵機九機撃墜せりとのことだ。ついでに空母のほうも、全部撃沈してくれればと、それればかりが心配だ。それぞれ各方面艦船も、これら母艦追撃配備についたのだから、いずれ明日は撃沈のニュースも聞かれることだろう。

ラジオで午後十一時に重要ニュースがあるかも知れませんとのことだったので、楽しみにして待っていたら、なんにもなかった。

海上はすこぶる静穏なり。台湾近くになったのだろう。だいぶ暑くなってきた。

四月十九日　日曜日　晴

静穏なる航海なり。本日の位置、だいたい台湾の南端に位す。たぶん明朝早くルソン島と台湾の間のバシー海峡を通過するようになるだろう。

思えば、大東亜戦争開始以来いまだに五箇月未満、当時なればすぐ近くに米東亜侵略の拠点、キャビテ軍港を控え、とても現在のように水上進撃によってこの海峡を通過しようなぞとは思いもよらなかったことだ。それが早くも、現在は大東亜海として面目を一新し、ことごとくわが海軍の制海下に悠々として水上進撃しつつあるのだ。

感慨無量の思いだ。

二〇〇〇〔午後八時〕頃の情報電報によれば、徴用船第二千代丸が、昨日出現した米機動部隊により、北緯四九度二〇分、東経一五〇度五〇分の地点において砲撃を受けしにかんがみ、明朝北海道空襲の算ありと認む、とのＧＦ〔連合艦隊〕参謀長からの発電があった。にっくき敵機動部隊が今なお、わが方の潜水艦の散開線に引っかからないとは誠に残念なことだ。

四月二十日　月曜日　晴

日の出時、バシー海峡通過、南シナ海に入る。天候快晴にして、パールバックの『南支那海』の中にあるような信風〔季節風〕の荒れ狂う海とは似ても似つかぬ平穏さだ。小波だけといいたいような波だけで、瀬戸の内海を思わせるようだ。ただ、付近に島影が見えないだけ、広々とした海原は神秘感がある。

昭和十三年五月に、広東攻略戦の際、航空母艦蒼龍で来たときも、ちょうどこんな平和そのものの海原だった。大きな丸太ん棒のような海へビが泳いでいたのを思い出す。見はるかす水平線も美しい。左舷真横に同航する特設巡洋艦報国丸が、半分だけ水平線に隠れて見える。その前方にマストだけ見えるのが水上機母艦日進。距離三万くらいだろう。伊一八、伊二〇は全然視界内にはない。

帝〔国〕海〔軍〕の制海下にある南シナ海は、平和そのもののようだ。太陽の光だけが赤道に近いため痛いほどにまぶしい。夜は南十字星もはっきりと見える。戦争の最中にも、こんな平和な海原があるのかと疑いたくなるような平穏な航海だ。

あと六日間の航海で、補給基地マレー半島の西岸ペナン島に着くのだ。それまではほんとうの作戦行動ではなく、その後に来るものこそわれわれの苦しい、そして勇しい作戦行動なのだ。

呉出港の二日ばかり前の日、上甲板で誤って胸を打った箇所が、我慢していたが、セキをするたびに痛みを感ずるようになった。大丈夫だろうと思うが、万一中途で倒れるようなことがあっては申しわけない。心配だからペナン入港までに、一応軍医長に診てもらわなくてはいけないと思う。できるなら八月中旬まで今次作戦終了のそのときまでもたせたいものだ。

四月二十一日　火曜日　快晴

本日正午に総員マラリヤの予防注射を施行する。そのついでに軍医長から胸のほうを診てもらったが、痛みはあっても大事なことはないから、当分このまま放置して置いてみるようにとのことゆえホッとする。海上は相変らず平穏。艦は之《の》の字運動〔ジグザグに航海すること〕をしながら一路ペナンへ。

四月二十二日 水曜日 快晴

一昨日から当直の合間合間にペン習字を始めた。一日平均三時間ぐらいはできるつもり。どこまで上達するやら、自分のような悪筆の者には楽しみかも知れない。相変らず海上は静穏。針路二一五度にとって、ひたすらに進む。身体の調子もやっと調子づいたというような格好で食欲も進むようになった。

四月二十三日 木曜日 晴 海上平穏

一四〇〇〔午後二時〕頃、あの大戦果を収めたインド洋作戦に参加した第二潜水戦隊の精鋭伊七、伊二、伊三、伊四、伊五、伊六号潜水艦が、長期の行動を終えて祖国への帰途に遭う。呉を出港してから何にも遭わないなつかしさと、長期の行動の苦労を思いやって、艦橋に登って大いに帽子を振ってやる。彼らもさかんに帽子を振っておった。

彼らに代って、今度はわれらが大いに動いてやろう。そして彼らの戦果にもまして、大いなる武勲を立てなくてはならないのだ。

右舷機のピストン故障により、しばらく片舷航行。艦内の通風管がはずされたので、大変な暑さだったが間もなく復旧せり。

四月二十四日　金曜日　雨　平穏

しばらく雨も降らなかったので珍しいくらいであった。風がないので、大海原で遭遇する春雨といった感じで、悪くもないが、ただちょっと煙草を吸いに出るのに嫌な思いをせねばならない。

終日降り続ける。今日は伊二〇潜と会合終る。明朝は全部会合して、編隊を組むことになっている。そして、いよいよ明日からマラッカ海峡通過だ。昭南〔二月十七日、大本営はシンガポール島を昭南島と改名〕軍港も見えるかも知れない。ペナンへ着くまで両側の島、即ちスマトラとマレーが望まれるかも知れないのだ。ここが皇軍の占領した地域だと思うと、なんだか嬉しいようなものがこみあげる。

二、三日来、東京の一七・四四キロサイクルの受信状況が非常に悪い。各艦ともに悪いような電報が来ていたので、今後のそれに対する対策が心配だ。いかなる現象か知れないが、夜間においてそれがいっそうはなはだしく、まったく受信不可能の場合があるのだ。

四月二十五日　土曜日　薄曇

〇六〇〇〔午前六時〕頃より1sg〔第一潜水隊〕編隊航行となり、隊の前路を日進、後方に報国丸と並んでマラッカ海峡通過。

〇八〇〇〔午前八時〕頃には、はや昭南島が右舷に見られる。海水が黄色に汚れて来だした。

ジャンクが相当そこかしこに見える。なんだか知らないが、大きい寺院のような建物がノッソリと見える。左舷のほうにも多くの島が見える。これが大スンダ列島の一部ならん。

午後一時頃、日進より南〇〇浮流機雷ありとの電報ありたるも、無事通過。相当狭い海峡を、第三戦速にて突っぱしる。明日一〇〇〇〔午前十時〕前後、ペナン着予定だ。

ダーバンに向かいつつあり、果して獲物は?

四月二十六日　日曜日　薄曇　ペナン着
一〇二〇〔午前十時二十分〕、マレー半島の西岸ペナン島着。入港後直ちに東亜丸に横付けて各艦とも全部補給する。ついで入浴させてもらう。洗濯も全部終る。暑い。無類に暑い。凪はなし。赤道直下の炎天下だ。約二十分ぐらい洗濯のため上衣をとっていたらもう真っ赤になって、夜になったら背が痛くて寝つかれぬくらいだ。午後六時頃から第一回陸上散歩上陸が許可せられる。自分らは明日だ。

ここは第十一潜水艦基地隊で、陸上には、潜水艦乗員が宿泊できるように準備もできているそうだ。われわれは三回に別れて一泊ずつして来るようになっている。

本島は未だ治安が確定されておらないからわれらが陸上に上がっても、いろいろなデマを彼らに言って決してわれらの行動を知らしてはならない。例えば、「われらは三月二十七日、ケンダリーを出港してセイロン島の作戦に参加して敵商〔船〕合計四万五千トンを沈めた」とか、そんなことをしゃべるようにとの注意があった。夜、当直の合間に父のところへ便りを書く。

四月二十七日　月曜日　快晴　ペナン基地にて

呼出符号整合のため、ペナン潜水艦基地隊に行く。波止場よりトラックにて約二十分、以前女学校だったというところを占領して司令部にしている。中島部隊駐屯。皇軍の占領後二、三箇月しか経ていないので、戦場の爆撃のあとが未だに生々しい残骸として道路の両側に見られる。

いずれも皇軍の正確な爆撃を物語るごとく、繁華街の真ん中でも自動車の車庫とか市街の敵陣地とかがきれいにその部分だけが破壊されつくしている。焼け残された自動車の残骸がそれこそ無数に山となって重なり合っているし、ドラム缶の山が手をつけずにうずたかく、占領したまま積み重ねられてある。

さすがに敵性国人が一人も見られないが、インド人の巡査とマレー人、それこそ南洋のカナカ〔ハワイとポリネシアの原住民〕も顔負けするような黒光りのする土人や、支那人の苦力等が多く見受けられる。彼らは皆、日本軍より従順なる市民としての証明をなせるマークをもらって胸にさげている者ばかりだ。

四月二十八日　火曜日　ペナン基地にて

午後三時より上陸を許可される。潜水艦基地には寝室があり、潜水艦の兵隊がいつでも行って泊れるようになっている。自分らも明朝〇九〇〇〔午前九時〕に陸発〔内火艇〕で艦に帰ればよいのである。基地隊に行って一応自分の寝室を片付けてから、午後八時まで外出を許可される。歩くには二、三人組んで歩くこと、及び許可区域外の立入厳禁などの注意ありたり。

華僑、インド人、マレー人等〔白色人種は一人も見受けられない〕、道路の両側に店を並べて売っている。驚くほど安い。もちろん、日本では現在統制されているゆえだけど、反物《たんもの》、皮革類だけは比較にならない。買物は皆軍票だ。基地隊で交換してくれる。自分らは内地出港のとき、ほとんど金を使い果してきたので、物を欲しいにも買えない。

仕方がないから靴を一足買ってきたほか、なにも求めない。売買する商人は、片言の日本語を覚えているので面白い。われわれを皆「マスター」と呼ぶ。「ジャパン・トモダチ」「ヤスイ」「タカイ」、そのほかわれわれの日常使っている英語の「ウオるー」「ノウ」「イエス」など、とにかくありったけの手真似で買物をする。支那人の店へ行くと筆談で通じる。綿製品も安いがとても買えない。「ノーマネ」だから。また、ペナンは煙草がないらしく、商人は煙草を見せると品物と交換してくれという。五十銭、一円ぐらいの端数を負けさすときは、煙草一個やれば喜んで安くしてくれる。また道を歩いていると子供らがたくさんついてきて、煙草をくれ煙草をくれと言って、二丁も三丁もしつこく、つきまとうて放れない。真っ黒い手を白い軍服にさわられると汚れはしまいかとヒヤヒヤする。

夜は基地隊で活動写真があった。

四月二十九日　水曜日　天長節

午前十時帰艦。午前中整備作業。午後七時出港まで休業だ。

午後五時ごろ総員集合。艦長より種々の注意事項、並びに司令官よりの訓示が伝達された。先任将校、航海長、軍医長からもそれぞれの管掌事項につき注意ありたり。

七時ペナン港発、沖に出て仮泊。伊一八、伊二〇潜は直ちに横付(日進に)、筒搭載。本艦はその後に積むこととなる。

父とうめののところへ手紙を書いたが、父のほうのが検閲通らず戻ってきた。前進基地と書いたのがいけなかったらしい。

四月三十日 木曜日 ペナン出港
ウネリ大きく、日進横付して筒搭載に案外手間取って、午前五時半頃やっと終る。そのまま出港。いよいよ長期作戦に上る。約百日間の航海、今までに例のない長期なのだ。果してその成果いかん。昼間潜航十三時間、夜間海上十一時間にて進撃する。

五月一日 金曜日
○八一六〔午前八時十六分〕潜航、二〇三五〔午後八時三十五分〕浮上。
午後十一時の位置、だいたい北緯六度三五分、東経九五度五分。スマトラ島最北西端クタラジャの沖である。針路二六〇度、速力一五節《ノット》、やや南下の態勢となる。
思えば祖国よりはるばる七〇〇〇浬《かいり》近くの航海。しかしてなお目指すところ、約現在までの航程のそれ以上あるのだ。ペナンを出撃したのが、天長の佳き日ならば、果してわれわれ第一回の襲撃が決行されるのが五月二十七日の海軍の記念日あたりにあるや否や。それは未定なるも期待してよかろう。
今度乗り組んだ特殊潜航艇の乗員は、岩瀬〔勝輔〕少尉及び高田〔高三〕兵曹、それとさらに整備員としてハワイ海戦の際も本艦の潜航艇整備員として乗り組んだ顔なじみの出羽兵曹だ。果して今後の戦果いかん。

午後十時、当直交代前に艦橋に上がって見れば、インド洋上、月さらに明るく、その中に前方一団の黒雲（スコール）ありて、その前面に美しき七色の虹かかれるを月光に照し見ゆるのも神秘の感ありて、戦闘航行の思いをしばし忘るる気持なり。

五月二日　土曜日　インド洋

天気もよく小さな波も見受けられないが、ウネリが相当大きく、ピッチングが激しい。

本日も〇八三〇〔午前八時三十分〕潜航、二〇四〇〔午後八時四十分〕浮上。約十二時間余の長時間潜航だ。通信時間は「三センツ」〔三直配置のこと。一直配置は全員、二直は二分の一、三直は三分の一となっていた〕だから当直のほうは楽だが、艦内が暑く、蒸されるようなのと、その間、便所が使用できないのとが一番閉口だが、あと一日か二日ぐらいだろう。

新聞電報も二、三日受信できなかったので、戦況ニュースも入らない。それにわれわれの行動も現在のところ、会敵《かいてき》の心配もあまりないようで極めて平凡になってきた。しかしこの行動たるや、あと約一百日の長期間なのだ。とても今からそんなこともいっておられない。

五月四日　月曜日　赤道線通過

視界内に伊二〇潜及び報国丸あり。

ニュース

敵機動部隊南洋方面に来襲のおそれあり。夕月は、敵戦闘機十数機の来襲により艦長重傷、通信不能となれり。また第十九戦隊はやはり同敵戦闘機群の第一、第二次来襲を受けつつありとして、司令官より「わが全力をもって敵機動部隊を撃滅せんとす」との入電ありたり。第三潜水部隊も極力散開線を張って敵を捕捉せんと待敵中。

五月五日　火曜日　海上晴　位置

日の出と同時に、甲先遣支隊全部会合。報国丸、及び愛国丸より洋上補給を行う。本艦は約五時間、伊一〇潜は三時間を要す。ウネリ少しあれど、天候穏かで順調に実施される。報国丸の飛行機が悠々上空哨戒をなし、補給を終えた艦もまた交代に付近警戒を行っている。

伊一〇潜からは、インド洋に英艦艇あるをもって警戒を厳にせよとの信号ありたり。

本日の傍受電報によれば、横鎮〔横須賀鎮守府〕管下に警戒警報、敵戦艦見ゆの報、発令せられたり。また〇〇に敵空母一隻及び巡洋艦一隻らしき艦影を認むとの、徴用船海仁丸からの入電もあり。その他約一五隻に及ぶ敵潜水艦南洋方面に出没せる形跡ありとの通信諜報あり。いよいよ敵も積極的に作戦し出して来たことが窺われる。乙、丙先遣支隊も散開線を張り出したから二、三日中にきっと面白い戦果があるものと思われる。

本日顔を剃る。なかなかヒゲもよくなって来たようだ。

五月六日　水曜日　晴

〇九〇〇〔午前九時〕、試験潜航を行う。

夕べから急に波浪が大きく、艦の動揺が激しくなって来た。相当かぶる。昼食にトンカツが出たけど、だいぶ気持が悪いので食べるのを止めた。出港以来、あまり静かな航海に恵まれたゆえだろう。

本日は素晴らしい作戦緊急電報の入電ばかりある。イタリア海軍からの情報によれば、米英軍のマダガスカル攻略部隊と思われる大軍団が（空母一隻、重巡一隻、軽巡四隻、潜水艦一〇隻、駆逐艦〇《ママ》隻及び輸送船四五隻、米兵約三、四万）五月一日、ダーバンに在泊せりと。

ああ、遅かりしかな。われわれは今月末でなくてはとてもダーバン付近攻撃には行けないことだろう。

また一方、四月二十八日ケープタウン発、有力なる輸送船団が重巡及び駆逐艦一二隻に護衛されてダーバンに向かえり。英艦船九隻、コロンボに向かいつつありとの情報もあり。

いよいよわれらの前にも獲物が束になって集まって来るようになってきた。われらが襲うべき予定地、アデン、ザンジバル、ダーバン、モンバサ、ケープタウン等、いまからその戦果を思えば非常に楽しくいっそう張り切らざるを得ない。

また、ここ四、五日以来、頻々としてあらわれた敵機動部隊（MO〔ポートモレスビー〕攻略の意志を有す）もわが機動部隊によって敵に感知せられず発見、奇襲によりて、これを撃滅せんには絶好の機会なりとの6F〔第六艦隊〕参謀よりの電あり。東方先遣支隊の方面の活動も、明日か明後日あたり一大展開せられるものと予想せらる。

五月七日　木曜日　晴

本日の大略の位置一六〇〇〔午後四時〕、S〔南緯〕八度二五分、E〔東経〕八四度二〇分。

本日も海上は相当の荒れを見せて、船体も大きく揺れる。頭が少し重いようだ。食事が美味しくないので三食とも少し食べたが、夜食には汁粉だったので腹一杯食べる。

非番のとき、平出大佐著『米英撃滅戦』（東亜社発刊）を読む。

本日の情報。

新聞電報
大本営午後五時発表。帝国比島陸海軍部隊は午前十一時十五分、コレヒドール要塞を占領せり。

今日までコレヒドール要塞に立てこもり、頑強に抵抗せる米比軍は、ついにわが猛攻の前に効をなさず、午前十一時十五分、完全にわが手に帰す。同島において米比軍の司令官中将ウェーンライトほか幕僚は、わが軍に捕虜せらる。

比島方面陸軍最高指揮官、及び連合艦隊司令長官にまた、畏《かしこ》くも勅語を賜りたり。

無線情報
発信者不明なるも、たぶん衣笠か古鷹の艦載機と思われるもの。

一六三五〔午後四時三十五分〕の正確なる偵察の結果、位置、ロッセル島の二四一度一七〇浬、敵針九〇度、敵速一六節《ノット》。兵力、空母一隻、重巡一隻、軽巡二隻、駆逐艦四隻、航行隊形巡洋艦併列。母艦、その回り駆逐艦。

一七三〇〔午後五時三十分〕、たぶん南洋方面を襲来せんとして来たるものであろう。わが方の邀撃《ようげき》準備は万全なるもののごとし。たぶんそのうち敵艦撃沈のニュースが入ることだろう。

仏領マダガスカル島にも、英、大輸送船団の侵入あり。目下仏軍との間に激戦中とのニュースあり。英側のラジオによればすでに占領せりとの報もある。

五月八日　金曜日

一二〇〇〔正午〕の位置、南緯一四度〇二分、東経七九度三〇分。すこし電信室の中でも寒くなってきたような気がする。相変らずローリングが激しい。出港以来ぜんぜん感度を聞かなかった伊三〇潜（先行偵察）からの最初の偵察報告が入る。それによると、アデンには軽巡二隻、駆逐艦四隻、商船四、五隻いるのみなりとて案外目ぼしい獲物もないらしい。

東京放送八三五〇キロサイクル入電にて、敵航空母艦に確実に三弾命中、射線方位一度、これを撃沈すとの、（発信者確実ならず）リサ乙を〇八〇〇〔午前八時〕受信する。六日ごろ発見せる敵機動部隊なのだ。見敵必殺の独創的専売特許、してやったりと喜んでいる。ところが午後五時半になると、またもや一七三〇〔午後五時三十分〕の新聞電報で快ニュースが入る。

大本営発表、八日午後五時二十分。

帝国海軍部隊は、五月六日、ニューギニア東南東方面珊瑚海で、英米連合の敵有力部隊を発見、捕捉、同七日これに攻撃を加え、

米戦艦カリフォルニア型一隻、轟沈
英戦艦ウォースパイト型一隻、大損害
英重巡キャンベラ型一隻、大破
同じく八日、
米空母サラトガ型一隻、撃沈
米空母ヨークタウン型二隻、撃沈せり。目下なお攻撃を続行中なり。
本海海戦を珊瑚海海戦と呼称す。以上。
してやったり。わが見敵必殺の精神は、その精妙なる攻撃技術、まことに胸のすく思いがする。内地のラジオはハワイ海戦以来の大戦果と発表している。たぶん帝国の艨艟《もうどう》三戦隊の級《クラス》〔金剛型高速戦艦部隊〕も参戦しているものと想像される。
なお攻撃を続行中とあれば、やがてまた、傷つきたる他の敵艦もいずれは、さらに戦果を高める上に役立つことだろう。艦内でも一同、なんとなしに興奮した面持で、この大戦果につきて煙草盆会議を開いている。夜の十時には内地のラジオを聞きに皆電信室に集まってくる。〔実際は同海戦の損害は、日本側の沈没が空母一、駆逐艦一。損傷は、空母一、駆逐艦一。米国側の沈没は、空母レキシントン一、駆逐艦一、油槽船一。損傷は空母ヨークタウン一〕

五月九日　土曜日　晴

一二〇〇〔正午〕の位置、南緯一七度〇二分、東経七六度二〇分。二四〇〇〔午後十二時〕の位置、南緯一八度五〇分、東経七四度一五分。

伊三〇潜の電報によれば、アデン近海において飛行偵察中だった伊三〇潜飛行機が付近の灯台より機銃射撃を受けたとの報あり。われわれは目下、ダーバンに向かいつつあり、だいたいの予定は、今月二十九日頃、ダーバンの襲撃を決行する予定だが、果して獲物は何？

昨日の珊瑚海海戦の詳報が、午後三時四十分、大本営から発表された。敵の損害は、その後のもの、戦場上空で撃墜せるもの八九機〔実際は八五機〕、及び重巡一隻に体当りにて、雷撃機が大損害を与え、また駆逐艦一隻を撃沈せり。わが方の損害、特設航空母艦一隻（給油船を改装せるもの）及び飛行機三一機〔実際は一〇五機〕、未だ帰還せずと。

五月十日　日曜日　晴

一二〇〇〔正午〕の位置、S〔南緯〕二〇度五〇分、E〔東経〕七二度二〇分。

この頃はだいぶ日課も狂ってきて、朝食が日本時間で午前十一時半、昼食が午後五時半、夕食が九時半、夜食が十一時半なので、ときどきどれが朝食やら夕食やら見当がつかなくなることがある。もちろん、日の出が午前十時頃で、日没が午後十時頃だから、お天道様を対照とすれば内地と変りないはずだ。

ペナンを出動して以来、水を節約してきたので、今日、総員、少しずつでもよいから身体を洗ってよろしいとの許可が出た。十一日目で汗くさい身体をきれいに流す。さっぱりして気持がよい。生きかえったような気持だ。

一二〇〇〔正午〕より、愛国丸より洋上補給を行う。

いまだ敵商船一隻も撃沈せず

五月十一日　月曜日　晴
一二〇〇〔正午〕、位置E〔東経〕七〇度五五分、S〔南緯〕二三度五〇分。あんまり寝て暮すゆえでもなかろうが、食事をしたあとで、必ず腹痛を覚え、下痢が伴うので二、三食控えた。せっかく太ったのが、また急に頬の肉が落ちるので、仕方がないから看護兵から薬を貰って服する。
食事をすることと当直以外は、寝ることが大部分で、ほかは雑誌を読むか雑談するくらいのもの。運動らしいものはぜんぜん無之候《これなくそうろう》なので、まったくのところビタミン錠でもなければ脚気にでもなりはせんかと、心細くなる次第である。

艦内便所の衛生状況も相変らず悪い。どうにも仕方ないのだけれども、平時ならばとても我慢のならないぐらいの不衛生なものだ。南緯二〇度にもなると少し寒いくらいだ。汗もかかなくなるので潜水艦の長期行動には終始これくらいの気候ならと思われる。

もう太陽を見なくなってから十三日、それに夜間でも艦が動揺するので、艦橋に煙草吸いに上がるのがついに嫌になる。それで煙草の量が驚くほど少ない。十本の煙草が二日ないし三日ある。四日くらいあることも珍しくない。身体のためにはよいのだから極力この際、量を減らすよう気をつけてやろう。

出港してから約一箇月、なんだか早いような気もするが、われわれの前途には未だかつて潜水艦として経験されたことのない長期行動なる使命が課せられている。そしてなおそれが戦時におけるのだから、われわれはいっそう自重《じちょう》して身体に気をつけ、大戦果とともに、この重任を果すまでは、たとえ病気にでも倒れるようなことがあっては申しわけないのだ。

五月十二日　火曜日

位置、Ｅ〔東経〕六八度五一分、Ｓ〔南緯〕二六度五〇分。

去る七、八日の珊瑚海海戦の戦果に対し、本日、大元帥陛下よりＧＦ長官に左の勅語を賜りたり。

「連合艦隊航空部隊は、勇戦奮闘珊瑚海に於て、大いに米英連合の敵艦隊を撃破せり。朕深く是《これ》を嘉尚す」

五月十三日　水曜日　位置〔記載なし〕

試験潜航行わず。日の出時、甲先遣支隊全部視界内に入り、以後引き続き編隊航行に入る。

ニュース

敷設艦沖島及び特設工作艦昭栄丸、敵潜水艦の雷撃により沈没さる。

五月十四日　木曜日　海上荒れ

一二〇〇〔正午〕、東経五五度二〇分、南緯二八度四〇分。海上猛烈なる荒天なるらしく、艦橋を越すような大きな波浪のため、始終艦内に海水が気味悪い音をさせて発令所のデッキまで浸入する。

ちょうどハワイ海戦当時の海上のときと同じ形相だ。本日補給の予定なりしももちろん取り止めらる。伊一〇潜からの書類により、隊内電波にて電報が三通受信漏れ（報国丸発信九日、一万トン級商船一隻捕獲に関するもの）ある由、通信長より注意を受ける。

先日珊瑚海にて沈没せる小型航空母艦は、剣崎を改造せる祥鳳なりと。

五月十五日　金曜日

一二〇〇〔正午〕、東経五一度五六分、南緯二九度五〇分。報国丸より洋上補給を行う。

独伊側の情報によれば、ダーバン及びケープタウン両港には、船舶、港に溢れて港外にまで繋留しあり。軍需資材及び兵員積載の上、五月末か六月初旬インドに向かうもののごとく、また四〇隻ないし四五隻よりなる大輸送船団、巡洋艦二隻、駆逐艦数隻に護衛されつつコロンボに向かいつつあり。現在の位置、北緯四度二五分、東経五〇度なりと。

ダーバンまで約七百浬近くあり、近く敵地哨戒圏内に入る。明後日あたりより昼間潜航のはずだ。ダーバン襲撃は五月二十七日（海軍記念日）に変更されるらしい。

夕刻になって波もおさまり静かになる。

五月十六日　土曜日

一二〇〇〔正午〕、東経四八度五〇分、南緯三〇度五五分。

本日の新聞電報に発表されたのによると、開戦以来五月十日までにおける帝国潜水艦による撃沈敵船舶累計、左のごとし。
太平洋ハワイ方面　一五隻、十万一千七百トン
西南太平洋方面　一五隻、九万六千トン
インド洋方面　三五隻、二十四万六千三百トン
計六五隻　四十四万四千トンなりと。
なおＥＢ〔先遣部隊〕戦闘概報第十七号（電報）によれば、伊二一潜水艦（菅野一曹、相原二曹乗組）はシドニー近海にて一万トン級一隻、雷撃沈。五千トン級一隻、雷砲撃沈せりと。なお三千トン級一隻も襲撃せるも効果なし。
また伊二九潜は、先に珊瑚海にて損傷を受けて逃れたる英戦艦ウォースパイトが、シドニー港に駆逐艦一隻とともに入港するを認むるも、襲撃の機会を逸せりと。
本日より日課変更され、食事も朝食が一三〇〇〔午後一時〕、昼が一九〇〇〔午後七時〕、夕食が二四〇〇〔午後十二時〕、夜食が翌日の〇二〇〇〔午前二時〕となる。まるで食事と時間との観念が倒錯しそうでピンと来なくなるようだ。

五月十七日　日曜日
一二〇〇〔正午〕、東経四五度二〇分、南緯二八度二〇分。一二一五〔午後零時十五分〕、潜航。一三五五〔午後十一時五十五分〕浮上する。浮上時非常に荒天のため、

相当の動揺ありたり。

五月十八日　月曜日　曇

一二〇〇〔正午〕、E〔東経〕四二度二〇分、S〔南緯〕二七度二二分。〇三四〇〔午前三時四十分〕頃、突然追浪《おいなみ》のため排出口より海水浸入し、ために急に機械停止したので調べてみたら、海水浸入のためとかでピストン六個全部故障とのことだった。

早速分解して調査したが、艦員の手にては故障復旧の見込みなしとのことで、すぐ司令官及び司令宛電報を打つ。……せっかくはるばるアフリカくんだりまで来て、いざ襲撃を前にしてこの一大事故。不可抗力によるものとはいえ、まことに残念なことである。

復旧の見込みなき故障なのだ。今までのとは訳が違う。今後は片舷だけ頼りとしなければならぬ。もし残る片舷に万一のことあらんか、われわれの前途には慄然《りつぜん》たるものがある。未だに敵と名のつくものは一隻も撃沈してはいないのだ。たとえそんな運命が来ようとも、それではわれわれとして死んでも死に切れるものではない。

二十七日のダーバン襲撃だけは、こうなったら是が非でも決行して、戦艦おらざりせば、商船なりとも沈めてしかる後、できる限り、魚雷のあるだけ、通商破壊をやりたいものだ。今日は潜航中電力節約のため通信時間になっても浮上しない。心細い限りだ。

伊二八潜の消息、不明となる。あるいは、伊二三潜の二の舞を演じたるものなりや。同じく潜水艦乗員として彼らの運命を思いやるに、輾転《てんてん》哀れなり。

五月十九日　火曜日

一二〇〇〔正午〕位置、E〔東経〕四一度〇八分　S〔南緯〕二六度一五分

伊一八潜よりの電報により、伊一八潜も本艦とほとんど同じ原因により、ピストン四本故障、復旧の見込みなしとのことだ。こんな故障は皆無といってもよいほど珍しいそうだが、それが二隻とも同時に起ったのだから不思議だ。とにかく、いかにしても今後は片羽鳥のようなものだ。昨日、報国丸の飛行機がダーバン港の高々度偵察を行う予定だったが、その後なんにも電報が来ない。伊二四潜では、格納筒の電池爆発して、艇付の松本〔静一〕一曹というのが行方不明になったという電報があった。どうも今度の特攻隊は、伊二八の遭難とともに事故が多すぎるようだ。

一二二五〔午後零時二十五分〕潜航。

五月二十日　水曜日

一二〇〇〔正午〕、E〔東経〕三九度五〇分、S〔南緯〕二五度〇五分。

〇〇〇〇〔午前零時〕浮上せり。海上、思いのほか荒れておらず、この分なら機械使用も大丈夫だなとは思ったが、やはり艦長らが用心して漂泊しながら課電をなす。

伊一〇潜飛行機、ダーバン偵察状況通報の電報が未だ来ない。

仏海軍側より入手した情報によれば、マダガスカル最北端にあるディエゴスアレス〔現アンツェラナナ〕湾に英戦艦レゾリューション及び英空母イラストリアス、五月十七日頃より在泊中、並びに五月七日、モザンビーク付近に米大型軍艦二隻ありたりと。

五月二十一日　木曜日

一二〇〇〔正午〕位置、東経三八度二五分、南緯二五度〇五分。

〇〇〇四〔午前零時四分〕浮上。直ちに伊四潜より甲先遣支隊宛の作戦緊急電報を受信す。

それによれば、ダーバンには敵有力艦艇なきため直ちに針路を変え、モザンビーク海峡を北上、仏海軍情報によるディエゴスアレス湾にある敵主力を襲撃に向かう。しかして襲撃を五月三十日とする旨の電報ありたり。

はるばる来てみれば敵サンもぬけのカラ。せっかく二十七日と思って指折りかぞえて待っていたのに、敵は目的地たるダーバンにおらず、そしてまたさらに、三日でも先に襲撃が延びるのだから当てがはずれてがっかりすることおびただしい。

現在着ている防暑服、ペナン出港の前日着たきり。汗臭く早く着替えたいが、二十七日の前日、すなわち襲撃の前にこそ着替えるべきものぞ。あと五、六日と我慢していたが、さらにまたこのほうも三日延期になったわけだ。

通信長通達第二号

昭和十七年五月二十二日〔二十一日の誤記か〕　於モザンビーク海峡

一、敵軍並びに友軍の状況

伊三〇潜飛行偵察の結果、アデン、ダル・エス・サラーム、ザンジバル、いずれにも敵主要艦船不在なること判明、さらに伊一〇潜飛行機の偵察によりダーバンにも敵なきこと明らかになりたり。

伊三〇潜はザンジバル偵察の際、飛行機のフロート折損し、飛行機使用不能となり、モンバサの索敵は不能に陥れり。

一方、独伊の情報を総合するに、マダガスカル北端のディエゴスアレスに英戦艦レゾリューション、空母イラストリアス在泊せることおおむね確実なり。

なおダーバン、ケープタウン、モザンビーク海峡方面には、敵大輸送船団航行せる模様なり。

二、甲先遣支隊の任務並びに行動

(イ)　伊三〇潜は速やかにディエゴスアレス湾口の監視に赴きつつあり。二十三日頃、到達の見込み。

(ロ)　愛国丸、報国丸は攻撃終了まで韜晦《とうかい》す。

(ハ)　1sg〔第一潜水隊〕伊一〇潜はモザンビーク海峡を掃航索敵し、ディエゴスアレス港外に進出、五月三十日黎明、筒〔特殊潜航艇〕をもって奇襲攻撃せんとす。

(ニ)　伊一〇潜は飛行機索敵することあるべし。

三、本艦の現状

右機械故障のため攻撃に辛《かろ》うじて間に合う程度にして、途中ささいなる事故あるも攻撃に間に合わざる算大なり。

四、通信連絡に関する事項略

五月二十二日　金曜日

一二四〇〔午後零時四十分〕、潜航。

時間通信もほとんど敵地とも等しきモザンビーク海峡通過のことゆえ、「三センツ」

をさらに偶数時間のみとして極力浮上するのを防止する。

一九〇〇〔午後七時〕頃、わが艦と同航する商船を発見、避退する。二本檣《マスト》二本煙突の約一万トンくらいの半貨船〔半分乗客、半分貨物を乗せた船〕とのことだ。

東方先遣支隊からの入電によると伊二八潜は十六日に通信連絡ありて、わが機関故障せるも航行に差し支えなし、の電を発信せる後、十八日〇〇入港の予定なるも、その時に至りても消息なきため、第二十五航空戦隊の飛行機により帰航航路を掃航索敵せるも手掛かりなく、当時、付近に敵潜水艦の出没せる疑いあり、ために伊二八潜は水上航行中、敵潜の雷撃により、総員壮烈なる戦死を遂げたるものと認定されたり〔豪州東岸よりの帰路〕。

伊二七潜は、〇〇に向かう途中、敵飛行機の爆撃を受けたりと。損害なき模様。

五月二十三日　土曜日

〇〇〇〇〔午前零時〕位置、東経三九度二五分、南緯二六度三〇分。

商船発見せるも攻撃せず。避退、潜航す。

五月二十四日　日曜日

〇〇〇〇〔午前零時〕位置、東経三七度四八分、南緯二二度四九分。

五月二十七日　水曜日　晴　海上平穏なり

〇〇〇六〔午前零時六分〕浮上。マダガスカル島の百浬以内に近接航行をするから見張を厳重にするよう通達がある。

以前の予定ならば、ちょうど今晩ダーバン攻撃が決行されるころだったのを思うと、ちょっと緊張味を覚える。ディエゴスアレス湾の敵戦艦及び空母艦攻撃はあと三日の後に迫っている。

果して、情報電報にあったように敵がいるのか。未だに伊一〇潜からも伊三〇潜からも電報が来ないので心配だ。東方先遣支隊のほうもシドニーに逃げ込んだ英戦艦ウォースパイトを襲撃すべく偵察をしているらしい。

本日は、海軍記念日。内地のほうではいろいろの催し物もあるらしい。この大東亜戦下、第一回の記念日の意義あるところだ。もし東郷元帥いまにして生あらば、定めし感慨無量なるものがあろう。

五月二十八日　木曜日

〇〇〇〇〔午前零時〕位置、Ｅ〔東経〕四七度五分、Ｓ〔南緯〕一二度四九分。

〇四〇〇〔午前四時〕、九〇度に変針。いよいよディエゴスアレスに直航の態勢となる（予定は三十日午前二時半襲撃の予定）。入電によれば、東方先遣支隊の攻撃も本隊と同じく三十日、または三十一日に決行の予定なりと。

五月二十九日　金曜日　晴　ディエゴスアレス湾口

〇〇〇〇（午前零時）位置、E（東経）四八度五二分、S（南緯）一一度四八分。

〇二三〇（午前二時三十分）発8Ss（第八潜水戦隊）司令官宛甲先遣支隊。

「飛行偵察不可能につき、攻撃日時は特令あるまで見合わす。1sg（第一潜水隊）は予定配備にありて、敵巡洋艦以上出港せば攻撃すべし」

十一通（信隊）入電。二十六日付仏海軍情報によれば、英空母イラストリアス及びインドミダブル（いずれも二万三千トン）の二隻在泊中にして、敵艦隊はディエゴスアレスに前進根拠地急設中なりと、al。

本艦は、現在ディエゴスアレス湾口二〇浬近海にあり。二二二五（午後十時二十五分）通信時間のため、深度一八メートルに浮上、付近を潜望鏡にて監視中、敵発見。総員潜航配置に就けの号令掛かる。二二〇七（午後十一時七分）、口達伝令にて、艇内へ「敵は巡洋艦らしく雑役船一隻を伴い湾内に入港しつつあり」。二二二七（午後十時二十七分）、「魚雷戦」距離九〇〇〇メートルの令ありたり。

しばらく襲撃の機会をうかがうも距離遠きため、ついに逸し去る。二三三三（午後十一時三十三分〕、魚雷戦用意モトへ〔もとの状態へもどす命令〕ありたり。せっかくのチャンス、張り切れどもついに恵まれず。

伊一八潜は両舷機故障のため、目下航行不能なりとの電報ありたり。

五月三十日　土曜日　海上波少しく高し

〇三一三〔午前三時十三分〕、潜航配置に就け。次いで急速潜航に移る。艦型不詳の敵三隻発見したのだ。深度五〇メートルにて、聴音捜索するも距離遠きため不感。ついに襲撃の機会を逸す。

〇五三〇〔午前五時三十分〕浮上。海上は昼間のごとき明るさなり。〇六二〇〔午前六時二十分〕、伊二〇潜より作戦緊急電報にて、攻撃は天候に障害なき限り、三十一日または六月一日に決行せられてはとの司令官宛の意見具申、及び追波《おいなみ》のために両舷機故障の報告ありたり。

続いて〇六五四〔午前六時五十四分〕、伊一〇潜より、「キン〔緊急作戦電報〕」にて攻撃は明日〇二三〇〔午前二時三十分〕決行、目標クイーンエリザベス型戦艦、成功を期すの電来る。

ディエゴスアレス湾襲撃中止の無電、筒に届かず

われわれは、本日再びあの感激的なハワイ湾頭における特殊潜航艇出発の息づまる場合を再現したのである。場所はハワイとは一八〇度回転せるアフリカ東岸マダガスカル島ディエゴスアレス湾口。（ただしその成果は、ハワイのそれとは反対に悲劇的なものではあったけれども）。

ハワイにおける横山中尉、上田兵曹のときと同じように岩瀬〔勝輔〕少尉、高田〔高三〕兵曹、二人の司令塔にて艦長や他の人々に出発前の別れのときの姿が、十数時間前の出来事とは思われないように感じられる。

五月三十一日　日曜日

ディエゴスアレス湾を襲撃すべく、第一潜水隊（伊一八欠）は潜航しつつ港外六浬付近まで接近する。時刻は三十日午後十時。総員潜航配置に就く。司令塔には艇長と艇付が来ている。外はまだ明るい。潜望鏡を上げて付近を捜索した後、二人に向かって、「二人ともよく見ておけ」と言って潜望鏡を交代する。彼らはあと二時間の後、進入すべき港口付近の地勢を深く心に刻みつけたろう。しばらくの後、「終りました」と言って潜望鏡より離れる。

艦長、航海長より収揚事項に就き、種々注意やら打合せを行った後、最後に艦長より「しっかりやれ」との激励の言葉を与えられて、潜航艇に乗り組んで行った。時に午後十一時四十五分。艦内へ口達伝令にて〇〇一〇〔午前零時十分〕ごろ筒を放す予定なりと伝えらる。

交通筒も閉鎖され、電話線も切断。そして二十七分、最後のメインバンドを切断。水中聴音器により筒発進を確認。〇〇三五〔午前零時三十五分〕浮上する。

ああ、なんのためぞ。過去三箇月の訓練と、はるばるアフリカまで来たこの苦労。今こそやっと報いられたようにホッとする。艇の収揚が終ったら高田兵曹を呼んで、卓で一緒に祝杯をやろうなぞと話している。

でもまだ早い。筒の収揚という大作業とその戦果が知れないうちは、不安で不安で仕方がない。〇二三〇〔午前二時三十分〕より、対筒連絡電波にかじりついて、襲撃成功の電報の来るのを必死の気持で待受する。あいにくなことに混信が甚大で、ちょうど待受電波と同じところで強烈なる勢力の混信だ。とても筒からの電報を受信できそうもない（不感）。

午前三時、しかし自分はここまでで、あとは書く気はしない。なぜなら、そのとき伊一〇潜からの電報で、港内飛行偵察の結果、敵在泊せず、筒に引き返せの電報が来たからである。

万事休すかな!!　張り切った空気が破れる。今はもうすべてが水泡に帰したのである。意気地がないような、口惜しいような、不安な思いである。石崎〔昇〕司令官のこのときの心理状態を思いみるとき、なんともいえない気持である……。

筒との連絡は全然ない。引き返せの電も了解しない。収揚配備点に来て付近を捜索するも手掛りなし。ついに日の出になったので午前十一時半、潜航する。筒の収揚は、とうとう今日はできなくなった。また、日没まで潜没して待たなければならないのだ。筒乗員も今頃は何をしているだろう。心配だ。ハワイでの経験を繰り返したくないものとひそかに神に念じる。

六月一日　月曜日

昨日に引き続き筒捜索をなす。伊一〇潜飛行機により、〇八〇〇〔午前八時〕より海上捜索に協力するも、さらに手掛りなくむなしく過す。筒との連絡電波及び予備電波まで一生懸命聴取を持続するも、それらしき感度もない。あるいは未だに港内に待敵しているのではあるまいかとも思われる。

六月二日　火曜日

〇〇〇〇〔午前零時〕浮上、引き続き筒の捜索。司令官より本日二三三〇〔午後十一時三十分〕にて捜索を打ち切るゆえ、本日は昼間も水上航行にて〔実測一五浬〕筒を捜索するよう電報来る。

今朝、食事のとき、江和兵曹の話で、筒が出発するとき高田兵曹にお守りの代りだと言って張り子の虎を持たしてやったのだが、ついに絶望かと言って暗然としておった。

虎は千里往ってまた帰るとか。それも今は、あえなき希望となるのか？ 高田兵曹よ、岩瀬少尉よ、無事なれかしと祈る心はまさに切ない。

伊三〇潜に対し、昨夜司令官より「位置及び情況知らせ」の電報を打ったけれど、今日になっても返電がないようだ。二十三日発電にて「二十四日ディエゴスアレス湾口着の予定」との電報があったきり、その後旗艦及び十一通信隊より再三呼び出しありたるも、ぜんぜん応答がないらしい。

あるいは沈没したのでは、との心配もだんだん真実に近いような気がしてならない。伊三〇潜は、この作戦が終えたなら重要任務を帯びてドイツに回航する予定だったのである。

〇一〇〇〔午前一時〕ごろ、東方先遣支隊のシドニー襲撃の情報入る。6F〔第六艦隊〕サチ〔参謀長〕発、「シドニー不明局放送によれば、日本豆潜水艦による六月一日のシドニー攻撃は、不成功に終った。豆潜水艦三隻のうちで一隻は砲撃、二隻は爆雷により撃沈せるものと推定、損害はわずかに港湾施設小破」なりと。もとより信ずるに足りないものではあるけれども？

思えば第二段作戦における特攻隊は、まことに残念ながら不運に見まわれ続けだと言わなければならない。東方先遣支隊を見るに、伊二八潜の沈没、伊二四潜格納筒の爆発（一名行方不明）、伊二二潜、伊二九潜はともに飛行機を失っている（搭乗員無事、永久保兵曹は伊二九潜飛行機乗組）。甲先遣支隊においては伊二〇、伊一八、伊一六潜ともに機械が故障（いずれもほとんど片舷機のみ）及び伊三〇潜の消息不明？　それに加え格納筒六隻未帰還及びその成果不明。数えればずいぶん運の悪いことが重なり合ったものだ。

一三三八〔午後一時三十八分〕及び一五一三〔午後三時十三分〕、敵飛行機発見、急速潜航、避退す。

一八〇〇〔午後六時〕、司令官より捜索打ち切るの電あり。各艦予定配備点に向かう。本艦はモザンビーク海峡中部、ポルトガル領モザンビーク港付近が配備点だ。

六月三日　水曜日

発甲先遣支隊司令官

「南アフリカ及びマダガスカル島方面警戒兵力は、三十日ディエゴスアレスにありし戦艦、巡洋艦各一隻のほか手薄と判断す。ディエゴスアレス付近飛行警戒を実施しつつあり。各艦積極的に行動し、一挙に戦果発揚に努むべし。令あるまで戦果報告に及ばず」

二番隊は（報国丸、愛国丸）五日頃、イラク東岸〔?・意味不明〕またはモザンビーク海峡南口付近航路を急襲したる後、八日一五〇〇〔午後三時〕、S〔南緯〕三〇度、E〔東経〕五〇度において、伊三〇潜を補給の上マダガスカル南方または南アフリカ、豪州間において通商破壊戦に任ず。伊三〇潜は補給前マダガスカル東岸において通商破壊に任じ、以後、二番隊に編入す、al〔段落〕。

〇一〇〇〔午前一時〕、だいたい右記のごとき命令を接受する。

なお伊三〇潜は、本朝電報にて「六月二日、二三〇〇〔午後十一時〕、位置、S〔南緯〕二六度、E〔東経〕五二度敵を見ず云々」とて、その健在なりしこと明らかとなれり。

一二〇〇〔正午〕潜航、深度一八―二〇メートル。太陽をまったく見ないようになってから幾日か。今のわれわれにはもうそんなことは考えるも億劫《おっくう》なことのようになって来る。現在の日課は朝食が一三〇〇〔午後一時〕、昼食は一八〇〇〔午後六時〕、夕食が二四〇〇〔午後十二時〕、夜食が翌日の〇四〇〇〔午前四時〕。

昼間潜航、夜間浮上のために、まったくのところ時間の観念というものは薄れていき、食うことと寝ること、四時間の休息の後には電信室に当直に行くことのみが繰り返されるのである。ただときどき敵発見のため急速潜航して、この時刻が二時間か三時間か遅れていくことがあるのみだ。出港してから五十日目だ。そのうち、われわれが太陽を見られた日というものは、その三分の一にも過ぎないだろう。

片舷機故障のため、水もあまりとれないので、顔も洗わず身体もぬぐわない。歯を磨いたのは出港してから数回に過ぎないだろう。世の中に潜水艦乗りほど物臭いのもないだろう。便所の悪臭もなんとも感じなくなった。ビタミンBとビタミンA_1とかに健胃錠、あるいは疲労回復剤、まるで薬でばかりもっているようだ。

不衛生なことは乞食のそれよりまだ低いだろうし、種々の栄養剤の揃っている点では、いかなるところも及ばないであろう。面白い対照だ。

六月四日　木曜日

五日ないし、十七日における通商破壊戦の甲先遣支隊配備点、左の通り。
伊一〇潜、モザンビーク海峡南口付近ないしローレンス・マルケス港。
伊二〇潜、モザンビーク海峡北口付近。
伊一八潜、ベイラ港（ポルトガル領アフリカ）付近。
伊一六潜、モザンビーク港（ポルトガル領アフリカ）付近。

十七日一五〇〇〔午後三時〕頃、S〔南緯〕二八度三〇分、E〔東経〕五一度に会合の予定。

外電ニュース傍受によれば、「米海軍省発表。アラスカのダッチハーバーは、二日午前六時（地方時間）日本爆撃機一五機の攻撃を受けた。詳細不明である」

シドニー及びサンフランシスコ放送ラジオは、「日本豆潜水艦は、日曜日シドニーを襲撃せり、その数三隻、損害、補助艦一隻、負傷六名、死者一二名、行方不明一三名」

六月五日　金曜日　晴

日の出（一二〇〇〔正午〕）と同時に、通商破壊戦開始す。

一九五五〔午後七時五十五分〕、英国大型武装商船発見。魚雷戦の号令出る。二〇一〇〔午後八時十分〕、魚雷二本発射、一本途中爆発、一本は大偏斜〔斜めにそれること〕、命中せず。

敵商船は直ちに大砲を撃ち出す。もちろん盲目撃ちだから当るはずがない。

直ちに第二回発射用意をしたが、敵商船遁逃、距離遠きため間に合わず断念する。

夜間機械故障のため、碇泊充電をなす。

ニュースフラッシュ

大本営海軍部第一部長発電によれば、現在英米両国の有する船舶は合せて二千九百万トン。そのうち英国は六百五十万、米は七百万トンの輸送能力しかないから、今後月平均六十万トンずつ撃沈すれば、約一箇年後には屈服する算大なりと。

新聞電報同盟ニュース　大本営発表

帝国海軍部隊は、特殊潜航艇をもって五月三十一日夜、豪州東岸のシドニー港を強襲し、港内に突入、敵軍艦一隻を撃沈せり。本攻撃に参加せるわが特殊潜航艇中三隻、未だ帰還せず。

帝国海軍部隊は、特殊潜航艇をもって五月三十一日未明、マダガスカル北端の要港ディエゴスアレスを奇襲し、英戦艦クイーンエリザベス型三万一千トン一隻並びに軽巡アレスーサ型五千二百二十トン一隻を撃破せり（これらに関しては、われわれには未だ確実なる情報なし）。

なお英国新聞電報傍受（軍医長訳）によれば、「シドニー港が攻撃されたとき、マダガスカルにはどんな事件が起ったかの実例に徴すれば云々。ディエゴスアレスはいかに重大だか」等の断片的記事によっても、われわれのディエゴスアレス攻撃のことがたしかに戦果のあったことがうかがわれる。

六月六日　土曜日　晴

六千トン級油槽船一隻砲撃沈。

○四○○〔午前四時〕、機械故障復旧試運転結果良好。一二三三〔午後零時三十三分〕、潜航監視。一三二五〔午後一時十五分〕、商油槽船発見、魚雷戦。一三五四〔午後一時五十四分〕、二本発射、一本は途中爆発、一本は左偏斜。一四〇九〔午後二時九分〕、二本発射、船尾に命中（敵は之《の》の字運動開始せるため）、スクリュー破損航行不能となる。

潜望鏡で見ると、船からは直ちにボートをおろして乗員脱出するのがあきらかに見える。船はやや左舷に傾きかけているが、沈みそうもない。一四一五〔午後二時十五分〕、急速浮上砲戦用意。直ちに浮上。約二〇発の砲弾を全部命中させる。命中のたびに火を噴き上げるのが見えるけれども、いっこう火災も起らず沈みそうもない。しかたなく再び潜航して雷撃〔魚雷攻撃〕（二本）せるも、いずれも魚雷変針のため当らず。さらに浮上砲撃。二五発の命中弾により一六四四〔午後四時四十四分〕沈没せり。

二回目の砲撃の折、逃げ遅れた船員が（支那人らしい）、ハンカチ様の白い布をふっているのが見えたのが、今でも目に残る（たぶん降参の意味ならん）。

魚雷六本、砲弾四五発の代償として、六千トン級油槽船一隻。あまりに高価な代価であるが、魚雷が悪いので致し方ないだろう。

戦闘開始三時間半にして、ついに本艦最初の成果をあぐ。

二三五〇〔午後十一時五十分〕、商船一隻発見するも、距離遠きため攻撃を止む。

今日の戦闘を見るに、魚雷六本発射して、わずかに一本、艦尾すれすれのところでスクリューに命中したので、船体はそれほど損傷せずとも航行不能となったので、辛うじて砲撃により撃沈するを得たけれども、考えてみればまことに危ない芸当だった。

実際の戦争では、魚雷発射の瞬間というものはもっと息づまるようなスリルを感じるものと思っておったのに、実に案に相違したのでがっかりした。

砲撃にしても動かぬ目標に向かって、四五発もの砲弾を撃ったのだから話にならない。潜水艦の威力というものに対して、幻滅の悲哀というものを感じないでもない。

残る雷数八本、砲弾一〇五発。これであと幾らの艦を沈められるか、今日のことを考えると疑問だ。

六月七日　日曜日　晴

〇三〇〇〔午前三時〕頃、二万トン級商船を発見、同航なるために襲撃できず速力を出して、前路を押さえんとして、〇八〇〇〔午前八時〕頃まで走るも敵艦気づきしものか、急に反転せしめ、ついに逸す。

一二二五〔午後零時二十五分〕、潜航。本日はとうとう獲物なし。

ニュース!!

伊一六八潜、午前十時ごろ、ミッドウェー近海にて駆逐艦七隻に護られつつ西進するヨークタウン型航空母艦一隻を発見（ヨークタウンは珊瑚海海戦で撃沈されたから、おそらく同型のエンタープライズならん）、距離二〇〇〇にて魚雷攻撃を敢行、四本全部命中、後駆逐艦七隻の執拗な爆雷攻撃を受け、至近弾六〇発を見舞われ、一群電池一三基、二群全部使用不可能、及び前後部発射管より漏水。水上航行差支えなし。なお魚雷命中後、しばらくして大誘爆音を聴取せるをもって、沈没せるものと認むとの電報ありたり〔沈没したのは空母ヨークタウン〕。

偉なるかな伊一六八潜。その攻撃精神、ついに殊勲を得しか。伊一六八潜は、第一期作戦においては〇〇作戦中、敵防潜網にかかり約三日間浮上できざる状態にありて、別れの酒を酌みかわし、最後の意を決して最後の一回をと浮上を試みたるところが、嬉しや神見捨て給わず、ポッカリ浮かび上がったという武運の強い艦である。願わくば無事内地に帰りて完全修理をなしたる後、再び手柄を立てられんことを祈る。

〇九〇〇〔午前九時〕、伊一〇潜より「敵商船を追ってモザンビークを北上中」との電報ありたり。

六月八日　月曜日　晴（五千トン級一隻砲撃沈）

伊一〇潜より「われ昨夜の商船撃沈せり」、「なお航行船舶多くかつ通商破壊戦期間に相当余裕あるにつき、魚雷はかなり一本にて命中するような好射点にあらざるかぎり、できるだけ攻撃を控え魚雷を節約すべし」との電報来る。

本艦にはまことにピンとこたえるような電報である。

一九二五（午後七時二十五分）、一万トン級油槽船発見。一九五五（午後七時五十五分）、魚雷発射するも命中せず。速力速きため取り逃す。

二三五〇（午後十一時五十分）、再び商船発見。九日〇〇二四（午前零時二十四分）、魚雷発射命中せず（ここのところ艦長の誤差らしい）。〇〇五〇（午前零時五十分）、逃走せんとする商船に向かって勇しき急速浮上、砲戦用意の号令が来る。

未だ浮上し切らない波かぶる甲板に艦橋より飛び降りた砲員の手練（技量）は、距離五〇〇〇メートル、うす暗い海上ですでに第二弾命中となってあらわれる。

〇三〇〇（午前三時）まで約三八発射撃により、商船はついに大火災を生じたるをもって、本艦は水平線の距離まで避退してこれを監視しつつ漂泊。充電を行う。後で見張員に聞いた話だと間もなく中立国らしき船が救助に来て、しばらくその付近にいたそうであるが、夜明け近く立ち去ったと聞く。

翌日一二〇〇（正午）、潜航のまま付近に至ってみるも、すでに沈没せるもののごとく付近に浮流物のみ多く流れありし由。なお、救助に漏れたらしくボートが一艘、三人ばかり乗ってボートフックにズボンをかけて立てながら漂流し、本艦がすぐ付近に潜望鏡を出して警戒しているのを見つけて、さかんに何か指さしつつわめいておったのを艦長が見つけて、「気持が悪いね」と言って潜望鏡をおろしてしまった。撃沈せる船の名前は（Agjasgeorgios farth号四千八百トン）なること通信諜報により判明せり。

ミッドウェー作戦において飛龍（空母）がやられたらしく、6F〔第六艦隊〕長官からの電報にては、飛龍は総員退去の後、○○付近に漂流しある疑いあり。よって三○潜水隊は、これを発見処分すべしとの命令ありたり。

太平洋第二段作戦はたしかに失敗であったらしく、英国新聞電報傍受による日本軍の敗退も、まんざらデマばかりでもないことが確認された。

ただし戦艦二隻撃沈とはこれこそウソらしい。帝国艦隊の一部は、戦場を整理、内地に帰還、再興を計るべく、また一部は残って積極的に敵機動部隊を捕捉撃滅せんと行動しておるから、また再び大いなる戦果があるだろう。

なんにしても空母翔鳳、飛龍の沈没は日本の大なる損害だ。

六月十日　水曜日　晴

敵を見ず乗員一同、切歯《せっし》扼腕《やくわん》する。

最近身体の調子は非常によいが、妙な癖がついて来た。今は半日潜航、半日水上航行なので、その半日の浮上中に二回大便に行くことである。

潜航中はほとんど便所は使用できないので、夜間浮上中一回は必ず行かなければならないが、何かの調子で行きそこねると、結局二日間、我慢しなければならないので、自然そんな心理状態が働いているために、「念を入れて」というつもりでこのような妙な癖になってしまったのだと思う。

二二〇〇〔午後十時〕頃、敵一万トン級商船発見。これを追跡して南下する。片舷〔片方のスクリュー〕しか使えないので、果して明朝までに追いつけるかどうか？

六月十一日　木曜日

昨夜の商船もなんとやら、今朝方近くになってから逃してしまう。今のところ積極作戦もどこへやらまことにじれったいような気がする。通商破壊期間もだいたい今日までで終りなのに、あまりにも退嬰的《たいえいてき》な……。

六月十二日　金曜日

夕べも一隻商船を発見、追跡。距離四〇〇〇メートルぐらいにて、砲戦用意でも掛かりそうだと思っておったのに、なんと思ったかみすみすと逃してしまった。

「機銃の弾が一発でも当ったら潜航できなくなるからね」

と言ったとか言わないとか？……

昼間潜航のまま、アフリカ大陸東岸の巨岸三浬ないし五浬付近を航行する。ここまで来てアフリカ大陸を見ないという法はないとか、軍医長が言いつつさかんに潜望鏡をのぞいておった。灯台がすぐ見えるとのことだった。自分ものぞいてみる。白壁の切立ったようなところに松が点々と生えている。灯台の名前はザバルトというそうだ。航海長談。

伊一八潜の戦果報告。砲撃により商船一隻撃沈。魚雷発射数七本（いずれも命中せず）、現有の魚雷にては敵撃沈の自信なしとの電報だ。

本艦からの報告は「砲撃により大型油槽船一隻撃沈。雷撃後砲撃により大型貨物船一隻撃沈。現有魚雷にては襲撃効果自信なし」なりと、いずれも似たりよったりだ。

伊二〇潜その他は未報告。

一七三〇〔午後五時三十分〕、夕食時、突然「敵商船発見、総員潜航配置に就け」の号令が艦内にひびく。「ソレ来た」とばかり食いかけた食卓をそのまま、素早く電信室に行く。獲物は三—四千トン級貨物船らしい。実際われわれは見ることができないのだが、電信室にいると司令塔が隣なのですぐ様子が判る。

魚雷戦用意（一七三九〔午後五時三十九分〕）、一八四〇〔午後六時四十分〕発射（雷数

一本)。命中せず。一八四五〔午後六時四十五分〕二本目発射。約五〇〇メートル手前で途中爆発を起せり。潜望鏡で終始見ている艦長が「残念だね」と言いながら、なお様子を見ておったが、突然「あ、ボートで人間が逃げだした。商船には旗が揚がったぞ」と言う。後で聞いたり見たりしたのだが、実際、魚雷が当らないのに逸早く逃げ出す奴も逃げ出す奴だ。日本船員ではとても考えられぬことだと思う。商船にスルスルと旗が揚がったのでよく見ると、横に青白の三色旗。オランダ国籍の船だ。ずいぶん泡を食ったらしく旗を逆に揚げたらしい。

魚雷が当らないので、一九三五〔午後七時三十五分〕急速浮上、砲戦。砲弾一五発命中(発砲一八発)、吃水線《きっすいせん》に大きい穴が六ツあいてグッと左舷に傾く。二〇二〇〔午後八時二十分〕射撃止め。潜航して潜望鏡にて商船を見守る中、船橋からさかんに火を噴いたと思う間もなく転覆、赤腹を出したと思うとすぐズブズブと沈没して、まったく海上には何ものも見えなくなった。沈み行く商船の姿を近藤兵曹が写真に納める。

モザンビークにおける通商破壊戦も今日で終り、各艦配備点を発して会合点に向かって南下する。

隊内通信連絡、極めて不良にして、対伊一〇潜はことさら悪い。各艦の戦果報告の電報が通達しない。伊一八の感度がやっと二ないし三ぐらい。その他は全然不感。地勢の関係とも思われる。一般にアフリカ東岸に来てから、現在のように通信に円滑を欠くようになった。送信機および受信機は状態極めて良好。アンテナも悪いところはないのだから困る。

五十日ぶりの太陽に歓喜する

六月十三日　土曜日

〇〇三〇〔午前零時三十分〕の位置、東経三五度五六分、南緯二二度四〇分。

十一通〔信隊〕よりの転電。コロンボ放送平文《ひらぶん》電報傍受によれば、

「S〔南緯〕一三度四〇分、E〔東経〕四〇度三八分において、敵潜水艦の攻撃により、十二日一五二七〔午後三時二十七分〕、視界内にて二隻沈没せり」

敵潜水艦の攻撃に対する救助信号不能となれる。沈没船は「ギリシヤ船なり」、たぶん伊二〇潜水艦のやった仕事と想像される。

モザンビーク海峡における通商破壊戦本艦の総合戦果。

六日　大型油槽船一隻撃沈〔砲雷撃〕

九日　大型貨物船一隻撃沈〔砲撃〕

十二日　大型貨物船一隻撃沈〔砲撃〕

使用雷数一二本。砲弾九三発。照明弾五発。残数魚雷四本。砲弾二六発。　以上

六月十五日　月曜日

○○○○〔午前零時〕、S〔南緯〕一七度二〇分、E〔東経〕三九度四〇分。

素晴らしいニュース

発大本営海軍参謀部第一部長「スウェーデン公使館付仏国海軍武官よりの情報によれば、過般『マダガスカル島ディエゴスアレス』において、特殊潜航艇により撃沈せられたる英軍艦は艦型不詳の戦艦二隻なりと」、まさに電撃的ニュース、艦内一斉に歓声上がる。

この戦果こそ、われわれが二月以来苦心して訓練し、はるばる七〇〇〇里の洋上を航行して、特殊潜航艇を運んで来た、それに対する賜《たまもの》の金字塔だ。その陰には帰らぬ二隻の特殊潜航艇と、悲しくも壮烈なる散華を遂げられた四人の生霊があることを銘記しなければならない。岩瀬少尉、高田兵曹よくぞ遂げて下さった。われらはさらに半箇月以前のあの感激的な潜航艇出発時の情景を思い浮べ、ニッコリと笑って艦長に激励され、われらと握手を交して出発して行った二人の姿を胸に蘇《よみがえ》らして、涙して感謝せねばならぬ。

兵学校を出たばかりのお坊ちゃんのような岩瀬少尉（それでも襲撃技倆は一番だったそ

うだ）。また岩瀬少尉が、「あれは誇大妄想狂だよ」と言っていた、いつでも冗談を言って笑わせておった高田兵曹。昨日のことのように思えたこの人々も、今はその魂すでに遠く、天にあり。武人の誉れ過ぐるなきの大戦果を揚げられたる兄弟、願わくばもって瞑すべし。

「当湾内に敵なし、筒に引き返せ」の電報を受信せしときの絶望にも似た無念さ、憤懣の情やる方なかった二、三日のことを思うと、夢にも思わぬこの大戦果、思わず万歳を叫んだのも無理がない。われら特別攻撃隊の名はますます不滅となるであろう。新聞電報にて過般のミッドウェー海戦において、米甲巡サンフランシスコ型一隻および潜水艦一隻撃沈の追加があった。

本日より潜航なし。しばらくぶりにて昼間水上航行だ。かぶる、相当ローリングがある。半日〔半月か〕の間、静かな潜航に馴れたためか、今日は酔ったような気持で食欲のほうもパッとしない。司令塔ハッチからさし込むキラキラした太陽の光線が相当強く目を刺激する。

ハッチからのぞき見る天蓋の裏天井も相当塗料がはげたのと、潮がたまって白くなったのとで、やつれたように見える。母港出港以来二箇月、無理もない。ハワイ海戦の折の約一箇月半の行動でも、あんなにガタガタのみすぼらしい格好になったんだから。三木笑波著『大西郷』を読む。西郷の逸話全集みたいなもので取り得べき書でなしと思われた。

六月十六日　火曜日　晴

一二〇〇〔正午〕、位置、東経四八度、南緯三一度。

去るミッドウェー海戦において受けしわが方の損害が艦名と共に判明した。発六艦隊長官で、ただし艦名は部内部外共に絶対極秘なりとの付言があった。

鈴木三守（少佐）（ハワイで戦死）の乗組だった加賀（空母）沈没。蒼龍（空母、自分らが艤装した艦だ）大破。甲巡三隈大破（飛龍沈没？）。ただし飛龍の損失は発表せず。蒼龍には同年兵の樋田宏兵曹ほか同年兵が大勢乗っていたはずだが、無事であれと祈る。

昭和十二年八月から蒼龍艤装員付として乗艦。翌十三年五月まで乗組。その間日支事変で広東沖まで出動したり、空の軍神南郷少佐も一緒だったことを思い、きわめて印象深い艦だった。

六月十七日　水曜日

一二〇〇〔正午〕予定会合点着（S〔南緯〕二八度、E〔東経〕五一度、一二〇〇）。伊一〇潜、愛国丸のほかは全部会合した。

総員上甲板体操の号令が掛かって、有難や太陽がおがめるとばかり、非当直の者はわれ先にと、たった一つの司令塔ハッチから上甲板に出る。何しろ何十日ぶりの太陽だ。上甲板に出たとたんに目まいがするようにクラクラして眉間《みけん》のところにジンジンと痛みを感ずる。艦内ではさほどには思わなかったが、上甲板に出た連中の顔色といわず身体全体の色がまことに青白い。自分もその一人かと思うと嫌な気がする。青菜のようだとの言葉があるけれども、まさにその通りだ。約五十日間、太陽と絶縁されていたのだから当然だ。三分隊士が号令官で体操をやる。なんだか嬉しくてしようがない。ヤミクモに手足を振りたくなる。

うす曇の海上に吹く潮風を思い切り呼吸する。今までこんなに嬉しいと思ったことがない。空気の有難さは、やっぱり誰がどんな説明で言い表そうとも、実際の潜水艦の長期行動をやったものではなくては判るまい、と思う。体操を終えたら艦内にすぐ入れとの号令がかかるけれども、皆名残り惜しそうでなかなか入らない。先ず誰よりも先に艦内便所のように悪臭のない艦上便所を使ってみたい衝動にかられ、つい小便を無理にしたら、皆が思い出したように、俺も俺もとワイワイやっている。この辺も潜水艦乗りでなくては実感が出ない。

煙草を誰かが吸い出したら、これまた全部吸い始めた。艦橋から再三艦内に入れと言って来るが、ここで煙草を吸い損っては百年目、あとまた何日間太陽の下で吸える日を待たねばならないのか知れない。あるいは永久にと思うと、たとえ十秒でも二十秒でもとばかり馬力をかけて吸う。一遍に二本火をつけてくわえた奴もいる。艦内に入るにもなるべく人より後れて入ろうとして、妙なところで互いに譲り合っている。太陽に接した時間正味八分ぐらい。それでも皆だいぶ日に焼けたと言って喜んでいる。これこそほんとうの気持だ。

非番直が当直と交代して上甲板に出ようとしたら、報国丸からの信号が来て、付近に敵航空母艦あり、警戒を厳にせよ。第二回目の上甲板行きはお流れ、可哀相なことをした。

報国丸からの信号により、早速航空母艦の電波待受を仰せ付けられる。六三六〇キロサイクル呼出符号不明。終日待受するもそれらしき感度なし。

伊一八潜は特型格納筒をどこかへ落して来たらしく、上甲板に積んでいなかった（ディエゴスアレスでは到着間に合わず襲撃しなかった）。

なお報国丸よりの信号にて、伊一〇潜および愛国丸は、さらに危険少なき新配備点に先行せりとのことゆえ、各艦も直ちに新配備点に向け行動開始、新会合点は、十九日は一四〇〇〔午後二時〕、南緯二八度三〇分、東経六〇度三〇分なり。補給は新会合点にて行う予定なり。各通信系とも通信状況極めて閑散なり。

六月十八日　木曜日　晴

〇〇〇〇〔午前零時〕、位置、南緯二八度三〇分、東経五二度三〇分。

水上航行のみ。二〇〇〇〔午後八時〕、伊二〇潜より敵飛行艇見ゆとの電報ありたり。

六月十九日　金曜日　晴

一二〇〇〔正午〕、新会合点着。先行せる伊一〇潜はすでに愛国丸より燃料補給中である。

伊三〇潜は新たにGF〔連合艦隊〕主力部隊に編入され、ペナンに回航中で本日は姿を見せない。

本日は一天雲もない珍しいくらいの快晴。海上もきわめて平穏で補給には絶好のチャンスだ（平穏といっても大洋の真中だからウネリは相当なものだ）。

報国丸から魚雷五本および燃料（二号外部部油を二〇〇缶も含む）、糧食約一箇月分、伊一〇潜から弾丸三五発を補給する。

愛国丸の飛行機が警戒のため上空を悠々と飛翔している。付近に敵空母がいるらしいとの情報も入っているし、またアフリカ東岸の通商破壊で英国側も相当神経を鋭くしているから、いくらも距離を経ていないこの付近まで飛行警戒の手が延びないとも限らない。手あきのもの全部で、手早く順序よく仕事を済ませる。せんだって夢に見た豆腐も今日積んだので、早速今晩の食卓に上るであろう。納豆も来た。自分の大好物である（愛国丸、報国丸で作るのである）。

大砲の筒中手入れも始められた。今度の通商破壊戦での殊勲者だ。自分も手入れを手伝う。

一昨日は八分間上甲板に出ることができて非常に嬉しかったが、今日は半日、上甲板で思いきり太陽の光を浴びながら運動ができて、一遍に疲れを回復したようで、夜はとてもよくグッスリ眠れた。

補給は本艦が一番最後だったけれども、案外順調にできて日没一時間も前に終る。清涼飲料のサイダー、カルピス、ミルク、およびパインアップル、ビワ、ミカンの缶詰も配給になったので、当分また楽しみが増してきた。

司令部からの書類により、各艦の戦果も確実に判明した。それによると、どうも魚雷の当らないのは本艦と伊一八潜だけらしい。伊一〇潜は雷撃〔魚雷による攻撃〕のみにて、三隻撃沈。伊二〇潜は雷撃にて四隻、砲撃にて一隻、計五隻撃沈。報国丸と愛国丸は協力して一隻砲撃沈（十六日ローレンスマルケス付近）。伊一八潜はさらに後に一隻砲撃沈により、計二隻（伊三〇潜は不明）。結局甲ＥＢ〔先遣〕支隊一週間の撃沈商船一四隻（トン数は報告がないので不明）。期待した二〇隻には大分間があった。また同じく書類によって、本隊は再びモザンビーク海峡の通商破壊に向かい、本月二十八日頃から開始されることとなる予定だ。なお今度の通商破壊には魚雷全部使用してもよいとの司令官からの命令だ。その後はおおむねインド洋方面に出て、愛国丸、報国丸による通商破壊および敵商船拿捕《だほ》への協力作戦をなしつつ、八月十日前後にひと先ずペナン基地に帰る予定だ。

愛国丸は以前一隻（オランダ商船一万トン級）を拿捕せることあり。

六月二十日　土曜日　晴

再びアフリカ東岸に向け水上航行中。

〇二三〇（午前二時三十分）、左記のごとき電報を受信せり。

宛GF（連合艦隊）長官、EB（先遣部隊）長官、8Ss（第八潜水戦隊）司令官

通報1sg（第一潜水隊）発1sg司令。

諸勇士ノ偉勲ニ関シ報告

五日間ニ亘ル捜索モ其ノ効ナク遂ニ会合収容シ得ザリシ誠ニ遺憾且恐懼《きょうく》ニ堪ヘズ然レ共其ノ壮途ニ就クヤ虚心平静ナル教練ニ出ルト何等ノ差ナク笑ヲ含ンデ立チ其ノ攻撃方法ヤ事前ノ周到ナル準備ニ基キ港内隈ナク敵ヲ索メテ遂ニ其ノ主要艦艇ヲ全滅セシメタリ（確実ト認メラル）

即チ之ノ偉勲ニ挙ゲタル勇士ノ沈勇ト並ニ日頃養ヒ得タ旺盛ナル攻撃精神ノ十全

ナル発揚トハ特ニ永ク青年士官ノ亀鑑《きかん》トシテ顕彰且絶讃ニ値スル処又一同ノ深ク感銘措ク能ハザル処ナリ

（以上原文ノママ）

遠くディエゴスアレス湾頭の華となって散ったわれらが特殊潜航艇に関する報告文としてきわめて印象深いものがある。

六月二十一日　日曜日　曇

午後二時半から電信室にて、今次作戦に関する行動日程および作戦の概略につき、通信長よりの講話あり。それによると第二次通商破壊戦は、二十八日〇〇〇〇〔午前零時〕より約二週間、その後は特巡の協力作戦で、インド—豪州間及び南アフリカ—豪州間の通商航路を扼しての撃沈拿捕に対し、潜水艦は攻撃は行わず、単に位置を発見して特巡に通報するのである。これが第三次通商破壊戦である。なお潜水艦はモザンビークにおいて魚雷戦にて全部魚雷を使用し終えたなら、最後に司令官の命令により、各処に分れ陸上重要軍事施設に対して砲撃を行った後、引き揚げることになっているそうだ。第二次通商破壊戦期間、愛国丸、報国丸の二艦は、一時南下して独伊の作戦海域に身を隠すようになるとのことだ。

この通商破壊戦の目的は、目下リビア戦線にある独伊軍対英軍の戦において英軍の補給路を断ち、またインド洋方面に送る物資の減殺《げんさい》により、英帝国を崩壊に導く因とならん、と8Ss〔第八潜水戦隊〕参謀はいみじくもいっている。

六月二十二日 月曜日 曇

新聞電報にて、潜水艦が再びカナダのバンクーバー島を砲撃したと発表している。たぶん伊一九潜あたりではなかろうか？ これで米大陸砲撃は二回目である。

一二〇〇〔正午〕の位置、東経〇〇《ママ》度、南緯二九度四〇分。

六月二十三日 火曜日

一二〇〇〔正午〕より敵飛行圏内に入る。対敵見張を厳重になせ、との艦長よりの号令ありたり。

なつかしの故国よりの短波、海外放送、日本語ニュースを聞く。

帝国潜水艦はまたもや二十一日アメリカオレゴン州北部沿岸の軍事施設に対して、十数発の命中弾を浴びせたと放送している。砲撃の時間はちょうどルーズベルト、チャーチル会談の最中であった。今度の砲撃によりわが軍は敵の後方基地を、好むとき好むところに対して攻撃の可能なることを示したもので、わが無敵海軍の実力を如実に物語っていると放送しておるのも頼もしい。

六月二十七日　土曜日

六月二十日から昼間潜航夜間水上進撃にて、六月二十四日、針路、一二〇〇〔正午〕に三三八度に変針。モザンビーク海峡を北上。本日〇四〇〇〔午前四時〕、第一次通商破壊戦とやや同じ配備点に着く。各艦の配備点は大体前と同じだが、伊一八潜と伊一〇潜が相互に哨区を入れ替えただけである。

明日の〇〇〇〇〔午前零時〕から通商破壊戦発動だ。果して第一次のように多くの商船に出会うか否か疑問だ。情報によれば、英国も相当に今度は護送を厳重にしているらしい。哨戒艦艇も活躍するであろう。ポルトガル駐在独伊武官より諜者報〔スパイからの連絡〕として情報入手によれば、南アには現在英国戦艦一隻、空母一隻、巡洋艦八隻、その他の小艦艇が多数配せられて輸送船の護送に当っているという。米国と違って英国は長い間ドイツのUボートに悩まされているので、その防禦及び攻撃には、相当発達した方法を講じているというから油断ができない。ことに第一次の通商破壊で日本潜水艦あらわるの報にずいぶん神経を鋭くしていることと思う。

ダーバンおよびローレンスマルケスには現在各五〇隻くらいの商船がいて、各々軍需品を満載ありとのこと。しかして一部はマダガスカル島東岸を経て、北上するらしいとの情報も入っている。

第二次通商破壊戦の戦果やいかん

六月二十八日　日曜日　第二次通商破壊戦開始

いよいよ第二次通商破壊戦開始。今度は魚雷も砲弾もありったけ使用して戦果を上げるべく、乗員一同ものすごい張り切り方だ。配備点は、第一次とやや同じ。一番航行船舶の多いところで、かつモザンビーク海峡の一番狭いところを遮断しているので、場所としては最適のところだ。「魚雷がもったいないから夜間の襲撃はやめよう」とは艦長の御言葉？　ながら、魚雷を全部使用しなければ、いやでも長くここに頑張って全部消耗するまで攻撃せねばならぬのだ。

〇六四〇〔午前六時四十分〕、右五〇度に商船らしき煤煙見ゆ。続いて〇七一〇〔午前七時十分〕、敵戦艦らしきもの見ゆ。針路二〇〇度、総員潜航配置に就く。〇七五三〔午前七時五十三分〕、潜入。直ちに攻撃態勢に移れども、艦長なかなか近寄らず。航海長じれったがって、近寄るよう進言すれども、駄目。余程大事をとっておるのか、〇〇なのか。まことに驚き入ったものだ。総員潜航配置に就けたまま三時間。敵の逃げるのを待っているようにして浮上する。敵は影も形も見えない。

普通こんな場合、他の僚艦に通報しなければいけないのだが、本艦の艦長はいっこうにそんなことをしない。自分の発見したる敵に対して全然攻撃の意志なく、またこれを他艦に知らせないということは作戦上最も悪いことではあるまいか。われわれには、そんなことに対する意見は許されない。

先任将校、航海長らの進言もなにも全然無視して、逃げるような態勢ばかりとっていては、いっこう艦は撃沈できそうもない。

本日のは、見張員は確実に重巡か戦艦の類と言ったのだが、艦長はよく見もしないで、これを否定しておる。困ったものだ。第一日目はついに獲物なし。

六月二十九日　月曜日　荒天

低気圧襲来か。海上相当の荒れ。深度一八メートルぐらいでは、たちまち一〇メートルから八メートルぐらいに叩き上げられて船体を露頂《ろちょう》してしまうので、ついに午後五時まで潜望鏡見張を断念。深度三五メートルに潜る。三五メートルでもまだ相当かぶりを見せる。本日一隻の商船も見ず。

六月三十日　火曜日　晴

午前零時浮上。海上幾分穏かになれども、なお夜食の汁粉を食う気になれないくらい、左右一二、三度の傾斜を示す。

一六二五〔午後四時二十五分〕、英国武装貨物船発見（一万トン級）。一六三〇〔午後四時三十分〕、総員潜航配置に就き一七二一〔午後五時二十一分〕、魚雷戦を令し襲撃の機をねらうも機を失す。

洗濯もできないが、約一箇月になるので防暑服を着替える。

七月一日　水曜日　晴

一六〇〇〔午後四時〕、敵商船発見。総員潜航配置に就き、一六四一〔午後四時四十一分〕まで襲撃運動を試みるも、その機会を得ず、惜しいかな逸す。二〇三〇〔午後八時三十分〕、商船発見。再び総員潜航配置に就け、魚雷戦の令掛かる。今度こそはとばかり皆張り切って戦闘配置に就く。七、八千トン級非武装商船、国旗を掲げてない。二一四八〔午後九時四十八分〕、発射止め、砲戦用意。二一四八、メインタンクブロー〔潜水艦の外殻部分にあるメインタンクの海水を高圧空気で排水すること。急浮上〕。二一五〇〔午後九時五十分〕にはすでに浮上して第一弾が出ている。

そのとき敵商船は何か信号旗を掲げた。ついで国旗を掲げる。信号は国際法のもので「汝我ニ命ヲ有スルヤ」ということになる。国旗は中立国スウェーデンのものだ。それで乗員は砲弾発射四分後には、ボートにて脱出しだした。わが艦からは続いて二、三、四、五発と第一〇弾まで発射するも、波浪高くかつ距離五、六〇〇〇メートルで、一弾も命中弾がない。商船は停止しているので、艦長意を決し、再び魚雷戦を令す。二二一四〔午後十時十四分〕、潜航して距離二〇〇〇メートルまで近づく。砲撃を受けるまで、国旗を掲げないでおって、イザというとき、泡を食ってスウェーデンの旗を掲げたところを見ると、確実に英国系のものだ。

二二五四―五五〔午後十時五十四―五十五分〕発射、約一分五十五秒の後、轟然たる音響が続いて四回聞えると同時に、航海長、艦長が、命中だ、命中だと歓喜の声を上げる。早速潜望鏡をのぞいてみる。見よ、巨大なる商船が頭を高々上げて、すでに三分の二ぐらい海中に突っ込んでいる。早く交代で皆で見るようにと言われて、残念ながら交代して見た時間がせいぜい三十秒ぐらいだが、雑誌の口絵でも見たように、ありありと深く印象づけられた。一本の魚雷でかくも商船はもろいものかと思って、つくづく日本の魚雷の破壊力の偉大なのに驚く。

命中から約三分にしてその巨体をまったく海中に没し去る。今次行動中、初めて魚雷による轟沈。またおそらく艦長初めての命中魚雷ならん。写真に収める。商船沈没位置、S〔南緯〕一七度一〇分、E〔東経〕三九度四五分。今まで少しダレ気味だった乗員一同の気も、これで幾分引きしまるだろう。

そろそろ乗員の中にも神経痛、脚気らしきものや、南から北へと急激に気温上下するため、風邪を引く者（軍医長を初め）、カユ食をやっているもの、胃をこわしているもの、ボツボツ目立ってきたので、先任将校も心配して衛生に関して注意の通達を出したばかりだったのだ。がやっぱり商船轟沈などという刺戟でもあると結構そんなこんな病気なぞは忘れてしまう。奇妙に機械なんかも故障が起きぬものだ。

本艦のように、敵艦発見と同時に理由なくして避退行動をとっているんでは、まったく乗員の活気というものがなくなってしまう。

伊二〇潜は本日〇一三〇〔午前一時三十分〕、商船一隻撃沈。同じく伊一〇潜が一隻撃沈している。

伊二〇潜は、今まで五隻発見。三隻攻撃中一隻撃沈。魚雷四本中自爆二と報告ありたり。

七月二日　木曜日　晴

〇六〇五〔午前六時五分〕、敵哨戒艦艇らしきもの発見、急速潜航す。〇五一五〔午前五時十五分〕には、商船一隻を発見。避退しておるから、たぶん後の哨戒艦は商船護衛中のものだったらしい。

〇七〇五〔午前七時五分〕、浮上。航行。

一二一四〔午後零時十四分〕(日の出)。商船らしき煤煙見ゆ。左一五度の声が艦橋から発令所に響き渡る。一二二〇〔午後零時二十分〕、潜航襲撃運動に移り、一三〇八〔午後一時八分〕、魚雷二本発射するも、一本は自爆。一本変針〔距離二三〇〇メートル〕。敵は一万トン級武装商船で直ちに本艦船目がけて大砲の応射をしてくる。艦長は一度砲戦用意をかけたれども、敵の弾丸が至近に落ちるので遂に砲戦をあきらめて、深度三〇メートルにて避退。残念ながらまたも逸す。

十一通〔信隊〕から来た電報は「コロンボ発平文は二日〇四三五〔午前四時三十五分〕、南緯一六度六分、東経四一度一七分においてPhenuis号は敵潜の攻撃を受く〔日本時間にして二日一三三〇〔午後一時三十分〕頃〕」と放送しているのは、たぶん本艦の攻撃せるものならん。

七月三日　金曜日

浮上時から潜航まで〔〇〇〇〇〔午前零時〕―一二〇〇〔正午〕まで〕、商船数隻を発見すれどもいずれも避退、攻撃せず。伊一八潜は商船撃沈せりとの電報があった。これで合計第二次は五隻である。

七月四日　土曜日

昨日は一回も襲撃せず、今日また一日商船を発見できないのでは、いよいよ本艦も武運に見放されたことになる。誰か電信室のカレンダーの上に落書したものがある。「一隻撃沈させ給え神よ、アーメン」、たぶん木村だろう。商船発見表とか、撃沈船舶表とか、予想表なぞをつくって楽しみにしていても、いっこう張り合いがないので止めてしまう。最初の配備点から北上して、伊二〇潜はアデン湾のほうまで進出するため、本艦もモザンビークよりずっと北に上がったので、かえって商船が見つからなくなってしまった。

……洗濯も暫《しばら》くやらないので、ずいぶん汚れ物もたまったが、水もないのでためたっきり。防暑服も現在着ているのだけで、あとは洗濯しなければないのだが。食事のほうも相変らず缶詰物だけ（補給のとき貰ったのは二、三日でなくなった）、それでも結構食べられる。ただときどきやっぱり思い出して豆腐の味噌汁を食いたいなあと思うこともある。あとまだ二箇月近くの行動日数がある。ペナンまでは一箇月ぐらいだけど、まだまだ先は長い。

七月五日　日曜日　晴

哨区移動のため、北上してモンバサ（モンバサ港）付近の通商破壊に向かう。正午過ぎ、マダガスカル北端コモロ諸島のおおむね西方八〇浬を航過す。敵を見ず。

七月六日　月曜日

海峡を出たので、敵にもなかなか会わなくなったのか、総員配備の勇しい号令も掛からない。だから昼間潜航中もよく寝られる。あまり潜航中退屈なものだから、桜井兵曹から借りた海城学館発行の『専修漢文講義』の勉強を始める。辞書があるので独学できるのでなかなか面白い。入港までにこれを一冊仕上げるつもりで一生懸命にやることにした。文章の講義のほうを読んでも、またなかなか貴重な得難い逸話や美談があって面白い。

真水が少なくなり、なお機械のほうも余分に採取困難な状況にあるので、水の節約令が出る。

七月七日　火曜日　日支事変第五周年記念日なり

本日午後十時、新聞電報を受信せる中に、はからずも同郷の鈴木大尉の名の載せられたるを発見す。その一節「海戦劈頭《へきとう》長駆ハワイ軍港を奇襲し、たちまち米太平洋艦隊主力および所在航空兵力の大分を撃滅したハワイ海戦参加部隊に対しては、先ずGF〔連合艦隊〕長官より感状を授与され、今回かしこくも上聞《じょうぶん》に達せられた旨、七日、海軍省より発表された。なお同時に右攻撃で壮烈な戦死を遂げた牧野三郎、飯田房太、鈴木三守三大尉は昭和十六年十二月八日付で、特に二階級を進級せしめられた旨発表された」以上。

ああ、ついに彼の名、千載に燦然《さんぜん》として輝けり。さきにハワイより帰りしとき、便りに戦死せると聞くも未だ半信半疑であった。ただ加賀の乗組であったから、ハワイの攻撃はわれらもその挙を共にせるは知っておったが？　ついに事実となって、しかも二階級進級の抜群の殊勲、まことに羨むべし。彼の父養太郎さんもさぞ名誉のこととして肩身が広いであろう。養太郎さんもまた日露の役に沙河の戦のとき決死隊として抜群の功により金鵄勲章を戴いた勇士だ。二代相恩の、まことにわが郷里の名誉でなくてなんであろう。

幼き頃の思い出は数々ある。また彼がまだ江田島にいる頃、自分は伊七号潜水艦艤装のため呉にありて、二、三度、江田島に遊びに行きしこともあり。最後に会いしは、蒼龍に乗っていた昭和十三年二月の艦隊訓練の頃、候補生で軍艦鬼怒に配乗せられておったときである。「今度衛兵副司令兼砲術士になったよ」と言って喜んでおった。その後、航空に転向して霞ケ浦、宇佐空〔宇佐航空隊〕におった頃まで文通ありしも、加賀乗組となって以後、文通はしなかった。細君〔加賀野の青木家の女《むすめ》〕を貰ったということを、たんちゃん〔妻の姪〕に聞いたのがじき去年のことだった。未亡人となりし彼の新妻及びその父にして、子の縁薄くて最近二女を喪《うしな》い、まただ一人の男である者を失いし養太郎さんに対しては、その心情に深く哀悼の意を表さねばならない。

思えばまことに感慨無量である。

七月八日　水曜日　晴　モンバサ沖

伊一〇潜、本日モザンビーク海峡において商船二隻撃沈せりとの電報ありたり。なお第二次通商破壊戦闘開始以来の撃沈数は合計八隻（甲EB支隊）なりとのことゆえ、どうも本艦が一番撃沈数が少ないようだ。

モンバサ港の沖に到着したので、本日浮上時より特に電波管制に気をつけるよう通信長通達あり。なお昼間潜航中も短波檣《マスト》を上昇せずとのことだ。本日は昼間哨戒スループ艦らしきもの一隻及び飛行機一を発見せるのみにて商船に会わず。浮上中（夜間）吊光投弾《ちょうこうとうだん》〔照明弾〕を見たというから、敵も相当この辺は警戒厳重なることがうかがわれる。五〇〇キロサイクルの緊急国際電波も待受を始む。潜水艦の攻撃を受けし〇〇が平文で電報を打つこと、また沿岸陸上局あたりでも相当の平文電報を打つことがあるらしい。われわれにはこんな戦争中にとても考えられないことだが、伊一〇潜傍受によっても明らかなように入港出港指定の電報を平気で打電しているらしい。

五〇〇キロサイクル、本日はモンバサ局の交信する感（VPQ）ありたり。

いよいよ本艦も真水が欠乏して来たらしく、三度三度の食事のとき、お茶のほかは一杯の水もありつけなくなって来た。現在量三トンぐらいしかないとのことだ。機械は片舷で、おまけに半日潜航のため、その間は浄化器も使用できないので、ほんのその日使用に、やっとこ間に合せる程度の水しか採取できないとのことだ。未だ先の長い行動なのに心細い話だ。雑用水の使用量も制限されて昨日から各卓で毎日一定量だけ貰いに行くことになる。六卓へは石油缶で（十一人分）一箱が一日分だ。

洗濯も何もかも全部それでやることになるわけだが、思えばかえってわれわれには有難いわけだ。

今まで一箇月に一遍くらいしか洗えなかった顔も、二日に一遍くらいは洗えるし、身体もぬぐえる。磨いたことのない歯も磨けるというもので、今まではある一部のもののみ使用してきておったので、なぜもっと早くからこのことを実施してくれなかったかと言いたいくらいだ。出港以来初めて防暑服一着洗濯する。

七月九日　木曜日　モンバサ沖

すでに桂島出撃以来二箇月と有半になる。十五日が来れば、満三箇月の未曾有の長期行動である。今まで潜水艦による長期行動でも、これほどの長期間を試みられたものは世界のどこにもあるまい。しかしてなおわれわれは遠くアフリカ沿岸に健在なり。わずかに四隻の潜水艦によって行われたる、そして現に続行されつつある通商破壊戦、ディエゴスアレスにおける襲撃を手初めに、商船撃沈二〇隻、その戦果はわれわれが所期の〇〇とははるかに相違があるけれども、これによって敵に与える有形無形の効果はまさに一〇〇%であろう。

われわれはなお帰投航路に入ってからでも、一箇月以上の航海をせねばならぬ。この長い行動期間に病気休業したものは一人もない。あの普段の艦隊訓練における病気発生の状況と比較してみたら、まったく驚異的な記録でなくてなんであろう。

さはあれ、われわれの身体はたしかに疲労しておるのは確実だ。太陽の光線を受けない花は育たないの理り《ことわ》。ちょっと洗濯しても腕が痛んだり、手の皮がすりむけたり、普段なら一時間くらい続けてやっても、平気なようなことでも四、五分で疲れを覚えるのである。あと最後の頑張りが大事なのだ。百歩〔里〕を行くものは、最後の九十九歩〔里〕をもってその半途とす。緊張して最後の戦果を収めて祖国への土産にせねばならないのだ。

七月十日　金曜日

再度モザンビーク海峡北口付近まで索敵しつつ引き返すも、敵影を見ず。

七月十一日　土曜日

伊一〇潜よりの電にて、甲先遣支隊撃沈商船さらに二隻を追加、計一〇隻となる。

本日も終《つい》に会敵せず。第二次通商破壊戦も刻々終局に近づきつつあるのに、残念ながら敵を見ないとはなんと情ないことだろう。あと一隻せめて合計五隻として帰りたい。魚雷も砲弾も余っているのだから期間さえ許せば、まだまだやれるんだが？明日ともなればもう帰投航路につかねばならぬのだ。大体二十五、六日頃、セイロン島南西のチャゴス島を偵察して八月上旬ペナン帰着の予定なりと。

七月十二日　日曜日　晴

南下の形勢にて商航路に沿いて最後の敵船舶を捜索するも、ついに一隻だに見ず。二四〇〇〔午後十二時〕をもって第二次通商破壊戦を打ち切る。

その戦果より見て本艦の撃沈数の一番少ないのには、なんとなく後味の悪い思いがする。砲一〇弾、魚雷三本使用せるのみにて、攻撃力に至ってはまだまだ優勢なのも未練の因《もと》だ。

一二〇〇〔正午〕の位置、南緯二度〇分、東経四〇度一五分。

帰航の途次に作戦続行の命

七月十三日　月曜日

通商破壊戦に、あきらめきれない後味の悪さを残して、ついに針路を四五度にとり基地に向かう。もちろんまだチャゴス島偵察の任務は残っているが、それは帰途にあるのだから、二、三日を要すれば終えるわけである。本日は試験潜航二時間のみにて、あとは水上航走だ。敵中である飛行圏内に在り、哨戒艦艇の出現の恐れは充分あるので油断はできない。

むしろ見張員のほうはなおいっそうの注意を要する。……緊張を欠いたわけではないが、通商破壊に未練がありながら、やっぱり帰投航路についたと思うと、ホッとしたような嬉しいような気持だ。

それに昼間潜航しないので、今までのように汚濁した空気がないので、艦内にいても非常に気持がよい。上甲板には出られないが、司令塔ハッチの下に行くと真っ白い光線がかすかながら目に入るのがなんとなく美しく嬉しい。しばらく見られなかっただけに……。

食欲の進むのもテキメンだ。ふだん嫌いでほとんど食べなかったウドンも、初めて腹一杯というほど食べる。
水上航走だから、船体のかぶるのはしかし、あんまりありがたくない。半日潜航の静かな生活が続いたためだろう。それよりも苦手なのはせっかく始めたペン習字が、艦が揺れるためにできないことだ（二箇月になるが自分ながら大して上手にはならないと認める）。

空気がよくなったゆえか、ネズミがやたらと艦内を走り回り、鳴く声もうるさいくらいだが、船乗りには、ネズミがいるうちは艦は安全だという迷信があるから、取ろうともしない（ただし入港すれば毒ガスで一挙に殺してしまうのである）。
桜井兵曹から借りた海城学館発行の『専修漢文』（初歩程度）の素読もだいぶ進んできた。

七月十四日　火曜日　晴
〇八〇〇〔午前八時〕、突然電報にて作戦命令の変更が来る。それによれば、本艦はチャゴス島偵察を取り止めて、現任務を続行せねばならない。現任務を…とは、すなわち通商破壊のことだ。
再び針路を逆にとって引き返すのだ。魚雷も弾丸も未だにある。やる気になれば、商船の三、五隻は充分にやれる。快哉を叫ぶ。考えればわれわれは四隻の撃沈だけでは、その功績具申が殊勲の甲にはならないのだから、どうしてもあと一隻以上は沈めなければならない理由がある。艦長の考えておられることはどうか知らないけれども、兵員のほうは皆々そのためには少々の危険を敢えてやらんとの気組みで居るのだ。

　モザンビーク海峡まで引き返したのでは、燃料が不足なのでその途中まで、すなわちモンバサ、ダル・エス・サラーム、アデンおよびモザンビークより出てコロンボに向かう、今までよりは数の少ないインド↓アフリカ航路の途中を索敵しなければならない。果して？　うまく商船にぶつかってくれますように祈ってやまない。

　本日正午頃、二番隊、報国丸、愛国丸は南緯一七度、東経八〇度付近において英国貨物船「Hauraki号」（総トン数七千百十二トン満載トン数一万トン）を拿捕せりとの情報が入る。すなわち「コロンボ局傍受による平文電報は左記のごとく送信せり。Hauraki号は前記位置にて突然怪艦船二隻のために停船を命ぜられたり。Hauraki号は日本艦船に拿捕せられたりと、部下艦船に送信せり」。なお8Ss〔第八潜水戦隊〕司令官からは、直ちに二番隊宛、その艦の位置、敵に暴露せり。速やかに味方飛行圏内に避退またはもよりの日本占領地域の港に入れ。拿捕船ペナン回航は危険と認む、と指令を発せる電報を受信す。デカシタリ!!　二番隊かな。一隻撃沈二隻（二万トン）拿捕。それは四隻撃沈の本艦なんかよりもまだまだ大きい戦果である。さらに敵の追撃を避け好在〔健在〕せんことを祈ってやまない。

七月十七日　金曜日

引き続きの通商破壊戦も、こう商船に会わないのでは、まことに退屈きわまりないものである。

潜航中の半日十二時間というものは、われわれにとっては静かな平和な憩いのときであるとは、平時の艦隊訓練のときにあてはまる言葉である。一昨日も昨日もそして今日も、影だに見当らない。潜航して深度一八メートルにて潜望鏡を出して見張っているよりは、水上進撃でもしてくれたほうが気が晴れるがなあと思う。

毎日の日誌に記すことがない。まこと潜水艦にありては、敵を見ざる間は艦内で寝て起きて食って当直に立って、太陽も見ざればまた煙草も思うように吸引することさえ許されない。しこうしてその生活を、三箇月ないし四箇月、波浪高き海上に繰り返すものは、よく潜水艦の乗員でなくては味わえないことであろう。娯楽といっても将棋と雑誌が関の山。それも表紙のなくなったのや、頁のとんだのや、慰問袋から出てきたノラクロもどきの他愛ない漫画なぞを、繰り返し繰り返し読むのだ。日誌に書こうと思えば、これらのことを書くほかに記すこともない。

このような変則的な生活が続くと、お互いが意識せずのうちに軽い神経衰弱にかかったようになる。非常に怒りやすくなる。物を考究する力が欠乏してくる。胃を弱くするので身体が不健康的になる。ビタミンB_1が不足して、脚気の気味になる。洗面も長いことできないので眼を極度に悪くする。歯を磨かないので虫歯が多くなって、また口中が非常に臭くなってお互いに気持悪い……。

たとえ三箇月が五箇月であろうと、われわれにはもっと積極的行動と戦果さえあれば、気をまぎらわして大いにやらんとする気も湧いてくる。

モザンビークにあったときは、毎日毎日商船を見つけて、たとえ襲撃しないまでも、それを楽しみに緊張して見張もし、敵信傍受も行ったものだが。そして身体のことなぞ考えてもみなかった。

現在のように乗員の気持が少しダレ気味のときが一番危ない。事故が発生するのも、こんなときが多い。上に立つ人が、このような微細なところをうまく把握して、それ相当に精神教育なり訓辞なり、あるいは、作戦経過等のことを話したら、あるいはまた、乗員を少数ずつでもよいから、上甲板に上げて新鮮な空気を吸わしたり、いろいろと対策を講じるのが至当だと思う。

あのプリンス・オブ・ウェールズのランチを、途中まで曳行してきたので有名な伊五六潜水艦では、開戦初期の敵味方錯綜《さくそう》する中で、毎日乗員の何分ノ一かずつを上甲板に上げて体操せしめたという。細心なる注意もさることながら、伊五六潜ぐらいの放胆《ほうたん》さがなくては、一航海に五隻撃沈（伊五六潜級は一航海といっても一箇月足らずのはずだ）

の戦果はあげられまい。

本日掲示教育第二号が貼り出された。楠公湊川出陣前後のことを例にとって、訓話的なことが書いてあった。感じるほどのことも書いてない。目新しいことでもない。すべては実行あるのみ。もっと積極的実行性のある人の訓話が望ましい。七月七日に出た第一回掲示教育の中の最後にあった文句。些々《ささ》たることに一喜一憂してはならない、という文句があったが、(この一句だけは先任将校が付け加えられたとのことだ)なかなか時にとっての警句だと思う。

樋口一葉の『にごりえ』『たけくらべ』及びヴァイウォーターの『英独海戦』若干を読む。

七月十八日　土曜日　晴

昨日司令官より大本営参謀部宛電報にて報告した概略戦果が、はやすでに本日の新聞電報によって発表されている。その迅速なこともさりながら、自分らの戦果がこのように堂々と発表されるのも、まことに嬉しきものである。

「大本営発表西インド洋南アフリカ方面に作戦中の帝国潜水艦は、六月上旬より七月上旬にわたり敵船二五隻約二〇万トンを撃沈せり。

なお帝国海軍開戦以来の七月十日までに撃沈破せる敵船舶累計、飛行機によるもの一九四隻、八十二万九千トン。潜水艦によるもの九九隻、七十二万四千トン、艦艇によるもの及びその他七三隻、三十八万二千トン。計三六六隻、百九十三万五千トンなり」

われらが甲先遣支隊（潜水艦四隻および特巡二隻）による一箇月の戦果、二五隻の撃沈（中二隻は拿捕）は断然輝いてよかろう。撃沈数そのもののみでなく英海軍に与えたる有形無形、精神的な打撃だけでも、その効果は大いなるものであらねばならぬ。第一次欧州大戦初期におけるエムデン号の活躍が英海軍に与えた打撃は、一時エムデン捜索のため連合国の軍艦が七十余隻も動員されたばかりでなく、通商を混乱、予想外に大ならしめたことにきざしても明らかであろう……。

……本日も敵を見ず。まことに単調きわまりない哨戒である。

七月十九日　日曜日

大本営発表、無線ニュース、十九日発表。

「帝国海軍の開戦以来の七月十日までに撃沈破せる敵潜水艦累計、撃沈五九隻、撃破三八隻、合計九七隻」

この戦果をひるがえって逆にわが国の場合を想像するならば、まことに慄然《りつぜん》たらざるをえないものがあるであろう。なぜならわが国の保有する潜水艦において第一線に立ち得る隻数が何隻あるかを考えてみれば判然とする……。

このごろはウマイことを考え出して実行している。潜水艦に乗っていると水の節約のため、どうしても顔を洗うことが少なく（あるいは全然ないこともある）、ために目が極度に悪くなる。それでいろいろ考えたあげく、看護兵のところからホウ酸を貰ってきて、ホウ酸水を作り、それを小ビンに入れておいて、脱脂綿を棒の先にくりつけて、それに浸ませて、随時洗眼するようにしたのである。これは常に目を清潔にしては悪くなるのを防ぐばかりでなく、洗顔しない代り寝ぼけたときの目ざまし兼、目の付近の洗顔という一挙三得の、なかなか大変な思い付きだが、簡単なようで思い付くまでは、百人もの人間誰も考えないが、いざ小生が始めると、だいぶ真似をしだしたのが多い。将来共に実行したら大変よいと思う（実は出港する前に、呉の集合所からロート目薬を二本《一本十五銭也》買って来たがすぐ使い果してしまったのだ）。

本日もついに敵を見ず。いよいよ本艦も武運に見放されたものと思われる。もう変針して帰るほかはない。燃料も一杯だろう。

伊一八潜は帰航の途、またまた機械故障のため、二週間、洋上に立往生して復旧に努めなければ帰れないとのこと。本艦なんかも現在片舷全部故障の現状ゆえ、いつ一八潜のように立往生を余儀なくされるようになるかも判らない。

『独英海戦』（H・C・ヴァイウォーター原著）読み終り。胸のすくような当時（第一次欧州大戦）の独英双方の海軍の冒険ぶりを、本艦の艦長にも一度読ませてやりたいようだ。

セーシェル、チャゴス諸島の偵察

七月二十一日　火曜日

本艦は今帰航の途次。セーシェル諸島の中の一島、マヘ島（東経五五度、南緯五度付近）偵察の命を受けているのだ。予定は明後二十三日偵察のはずで、針路を北東にとっている。いかなる軍事施設があるか。またどれだけの軍事設備があるかを隠密裡に調査するのだ。なお、さらに終えたならば、チャゴス諸島の偵察も行うべきよう命令を受領しておるのだ。

ペナン帰着予定は、八月十一日。今日からあと約二十日間の航海である。ふだん艦隊訓練のときの十日間の航海よりも、戦争のときの一箇月の警戒航行のほうが短く感じられるのも面白い。横須賀に帰れるのもジキのような気がする、今日は昼間潜航中、ぶっ通しで寝る。昼食も食べずに寝た。なぜか後が非常に悪い。空気の悪いところで長く寝たゆえか。頭が痛いような、フラフラするような、それでおまけに浮上直後は艦体がかぶるので吐きたいようだ。これでまた今晩も夜通し寝つかれず本でも読んで過さねばならない。

七月二十二日　水曜日　晴　セーシェル諸島近海

東京からの傍受電報により、軍令部総長、海軍大臣連名で、わが甲先遣支隊の戦果に対し発せられた祝電を受信する（左記全文）。

「今次インド洋西部方面ニ作戦シタル潜水艦部隊ハ、困難ナル洋上補給ヲ以テ長期ニ亘ル敵艦艇ノ奇襲、撃破、敵船舶ノ撃沈、拿捕、要地偵察等複雑多岐ナル諸作戦ヲ敢行シ克《よ》ク戦果ヲ発揚セラレタルヲ慶祝ス」。宛GF〔連合艦隊〕長官通報EB〔先遣部隊〕長官

われわれは、これあるをもって働いているのだ。この慶祝電一本が、どんなにかわれわれの志気を鼓舞するか知れない。未だかつてない長期作戦と、洋上補給の困難を行いつつ揚げた戦果が認められたのだ。それがたとえ小さな戦果であっても……。

その行動は未だ一箇月余を残すといえ、なおかつ過ぎ来しかたを顧みると、そこには三箇月余の苦しみがあるのだ。他の人間共には想像の許されない乗員の生活。意気だけで耐えて行く三箇月有余の行動。それもこの慶祝電一通にて、皆あとかたもなく忘れられて、皆でお互いに「ヨカッタナア」と言って喜び合う。これがほんとうの皇軍の民である者の心であろう。苦しい戦争に対する報いは、単にその勲功を賞められるだけで、何もかも忘れて無上の光栄と感ずる、それが事実の心だ。

しかもそれが今無事に大半の任務を遂行して、帰投航路にあるのだ。

司令官の顔を思い出す。その会心の心事たるや想像に難くない。昨年八月までは、第一sg〔第一潜水隊〕司令として伊一五潜にあり、親しく、怒られたこともあって、なつかしい。肥った赤ら顔、目玉のギョロリとした？……

七月二十三日　木曜日

昨日午前中に、セーシェル諸島中の一番大きい島であるマヘ島の約四〇浬近海まで潜入してある。本日は、さらに潜航進入して、付近まで接近して偵察（自分らが潜望鏡を見るわけではないから、様子は判別しない）。一七〇〇〔午後五時〕頃、終える。

本日潜航のとき、後進でもかけたように嫌な音がしたと思ったら、夕刻浮上後調べてみたら、横舵のガードが折れて下の方に向かって屈曲し、それゆえに横舵の上げ舵をとるとそれに触れて嫌な音響を発することが判明。夜間浮上中にガードをもぎ取ってしまった……。

友松圓諦著『人間と死』を若干読む。

昨年から友松圓諦著の『父心』、『母心』の二著を読みたいと思っていて、ついその機会がなかったが、第三番目の著『人間と死』を読むことができて満足だと思う。生れて今日まで読破せし書籍中にて、これほど自分の心をとらえ自分を感激せしめた本は他になかった。仏教臭いところは大いにあるけれども、非常に通俗的で子供でもよく判るような直接お説教を聞いているように読みやすく、それでなお自分の心の隅々までも少なくとも読んでいるうちだけでも、感激と興奮のようなものでとらえて放さない真剣な迫力のある本である。

読み終ってもなお横須賀入港後、他の二著と共に求めて再読し、かつ妻にも読ませたいと思う。

七月二十四日　金曜日

偵察終り、再びペナンに向けて針路をとる。あとはチャゴス島の偵察があるだけだ。ただペナン入港の最後まで油断ならぬことは、敵潜水艦の警戒だ。9Bg〔第九根拠地隊〕司令官からの情報によると、マラッカ海峡に敵潜三隻あらわれ、一隻は撃沈したるも、なお二隻を捜索攻撃中とのことだ。

モンバサ放送平文電報によれば、東経二度、南緯八度にて、商船が潜水艦の魚雷攻撃を受けたりと。多分ドイツの潜水艦のことかも知れない（あるいは伊三〇潜とも思われるが）。

七月二十五日　土曜日　晴

司令官への偵察報告電報を打つ。十一通〔信隊〕との連絡は不良なので、伊一〇潜に中継を依頼する。敵影を見ず。

『人間と死』（友松圓諦著）読み終り。最後まで感激と興奮とをもって読む。なお繰り返し再読したいと思う。

七月二十六日　日曜日

伊一〇潜は6F〔第六艦隊〕参謀長の命令により、急遽《きゆうきよ》横須賀に帰ることとなり、八月三日ペナン発、横須賀着は十二日頃とか。本艦はちょうどその頃ペナンの港だ。ディエゴガルシア島〔チャゴス諸島の島〕の偵察任務が未だ残っている……。〇八〇〇〔午前八時〕頃、商艦一隻発見するも反航のため襲撃せず。本艦のほうで取舵にて視界外に出づ。

七月二十七日　月曜日

伊一八潜、本日ディエゴガルシア偵察報告によれば、飛行場、砲台らしきもの一、見張所、トーチカらしきものを認めたりと。なお哨戒機、在泊艦船はなきもののごとしと……。伊一六潜、さらに西南岸を偵察すべし、との司令官からの命令が折り返し来る。

無線ニュース、大本営発表、七月二十七日。

七月十八日、敵船舶撃沈破。総合戦果を発表後、さらに、帝国潜水艦の撃沈せる新戦果、左のごとく判明せり。

一、米沿岸シアトル方面六月八日、六千トン級一隻、同七千トン級一隻。

二、豪州東岸「シドニー」方面六月、二万トン級一隻、一万トン級二隻、七千トン級一隻及び五千トン級一隻。

三、アリューシャン列島ダッチハーバー方面七月十六日、六千トン級一隻。

七月二十八日 火曜日

夜間も昼間も寝つかれなくて困る。自分だけではない。乗員のほとんど全部ぐらいが、熟睡できなくて困ると言ってコボしている。

六月十七日ごろ、補給のため、一日上甲板に出て太陽を見ただけで、それからでも約一箇月半なのだ。半日(昼間)水中に潜没して夜間のみ浮上航行。様子のさっぱり判明せぬため、ただ想像だけをたくましくして、三直に割られた当直だけを機械的にやっているだけだもの、神経衰弱というのか、神経興奮なのか、とにかく寝られない。そのため寝られないのを利用して、無線理論のほうの勉強を始めたら、なかなか有効だ。そうとう効果を上げることができる。勉強していて眠くなったとき、そのまま横になると、そのときこそほんとにグッスリと眠ることができるし、熟睡すれば、ウツラウツラとしての四、五時間よりも一時間ぐらいでも非常に疲れがぬける。やっぱり眠れないときは無理に眠ろうとしないで、眠くなるまでは勉強でもして、神経のほうで根負けがするまで頑張るのが逆効果をあらわすよい方法だと思う。

七月二十九日　水曜日

あと約二週間で、待望のペナンに入港できると思うと、なんとなく待遠しい楽しみがある。出港してから第二着目の防暑服洗濯をなす。今度洗った奴は、ペナン上陸のとき着て行くものだ。航海中は日の過ぎるのも早いが、また今次のわれわれの作戦のあとを顧みると、今までは不可能視していたほどの潜水艦による超長期行動をなしとげんとしている。今まことに感慨無量なるものがある。

よくぞなしとげた。自分のように身体の弱いものには、ほんとうに自分自身に言ってきかせて誉めてやりたいような気がする。呉を出港するとき、あるいは今次行動で、途中皆に厄介をかけるのではないかと心配も秘かにしておったのが、そんなことを忘れて働いていているうちに過ぎてしまって、味気ない気もする。やっぱり一ツは精神力というものの作用だろう。

一箇月半ぐらいの長期行動で、病人が三分の一ぐらい出た普段の艦隊のことを思うと、その頃の航海はほんとの遊びごととしか思えない……。

リオデジャネイロ丸（潜水母艦）がカムラン湾を去る〇〇浬の地点にて、敵潜水艦の襲撃を受け火災及び浸水を起し、目下、30sg〔第三〇潜水隊〕の一艦が急行中との情報電報入る。

潜水艦に南シナ海に出没されたんでは大変だ。いずれを基地として来るのやら、敵ながら天晴れのことと思う。われわれがペナンを基地とするよりもまだまだ遠いところを基地として出動して来ているらしい。米国潜か、英国潜か。いずれにしても相当の優秀な潜水艦らしい。

八月一日　土曜日

チャゴス諸島ディエゴガルシア島についての知識。

本島はセイロン島の南西一〇〇〇浬にあるチャゴス群島の南東端に位し、幅約一浬、高さ〇・九メートル——一五メートルの環礁をもって一つの湾を形成し、湾の大きさは南北一五浬、東西一〇浬、湾内の水深一〇メートルないし一八メートルである。

この島は英領にして人口約四〇〇。少量の椰子油コプラおよび家禽《かきん》を産する。本島はいわばインド洋の中心に位し、南アフリカ及びインド、豪州北部間を通ずる航路の交叉点にあたるため、軍事上、相当重要なる価値を有するものである。すなわち飛行基地あるいは潜水艦基地として利用するときは、その重要性は刮目《かつもく》に値する。

英国はいかなる程度これを利用しあるかは不詳であるが、商船の補給地として、あるいは飛行基地として使用しつつある算は相当大なるものがある。

夕べのうちにジッと近づいておいて日の出一時間前、すなわち現在地では日本時間の午前九時半潜航して、水中進撃し、ディエゴガルシヤ島の南西海岸約五浬以内に接近、潜没したり。一八メートルまで浮上して潜望鏡で偵察したり、水深測定を行ったり、午後五時まで偵察を実施する。

東北岸は伊一八潜が三日前、偵察を終え、砲台らしきものやトーチカを見たと報告にあったが、本艦の偵察せる南西岸は、椰子樹が繁茂しておって見透しがきかず、得るところはなんにもなかった。（もちろん、見透しがきかないというだけでも偵察の価値はあるのだが）。

午後十時半、浮上。今はすべての任務を終え、一路ペナンに向かい水上航行を続けるだけだ。

ペナンへ、そして横須賀へ

八月二日　日曜日　晴

午前四時、十一通〔信隊〕より受信せる無線情報によると、マレー方面基地航空部隊大艇の偵察によれば、英国有力艦隊（戦艦一隻、航空母艦二隻、巡洋艦三隻、駆逐艦九隻）はセイロン島北東岸ツリンコマリーを出撃。基準針路六〇度、五〇浬の位置にありとのことだ。自分の考えるところによれば、昨日誕生したビルマ独立行政機関に対し、ラングーン辺でも空襲して大いに人心を動揺させようとする政治的意図をもっての行動とも思われる。何はともあれ、味方飛行機が発見しつつあるのだから、中攻の飛行圏内にでも入って来たときには、昨年十二月十一日の英東洋艦隊と同じ浮目を見るのを覚悟せねばなるまい。速力一六節《ノット》なそうだから本艦はとても追い付くことはできないが、伊二〇、伊一八潜は本艦よりは近いからどんな命令が来ないとも限らない（多分燃料が続かないとは思うが）。

昨日誕生せるビルマ独立行政機関は、バモー博士を首班として輝かしい巨歩を踏み出した。しかし武力的背景をもつ日本軍最高指揮官は、統治の大綱を握っておるのである。行政には干渉せず、司法警察、立法を行い、厳然として英国米国の魔手から救い上げて、その成育を見守ってやらねばならないのだ。自分で自分の身体が自由にできるまで、自国を守り得る武力をもつまで、そして満州国のように平和を与えてやらねばならないのだ。

同じ有色人種アジアの民族たるビルマ人よ、ビルマよ、その前途に輝かしき栄光のあらんことを祈る。

八月三日　月曜日

最近の情報によると、マラッカ海峡の西方入口付近に英国系らしき潜水艦の活躍が激化したような傾向がある。陸軍の御用船が二日ばかり以前にもやられているし、伊一八潜からも敵潜水艦を発見せりとの電報が入った。マレー方面基地航空部隊も、連日にわたり敵潜掃討に一生懸命らしいから、われわれのペナン入港も、入港その日まで油断ならないようだ。

八月六日　木曜日

五十日ぶりにて夜間休息乙法となる。六月の十七日、第三回目の補給の日に、一日上甲板にあって太陽の光を浴びただけでとうとう過してきた。第二次通商破壊戦、マへ島偵察、ディエゴガルシア島偵察と、いつの間にか五十日の日数が過ぎてしまったのだ。あまり早いような、またずいぶん長い生活だったような……。もう明々後日はペナン入港。味方飛行圏内に入ったので、やっとわれわれに夜間三名だけ交代交代に上甲板に出られることを許されたのである。

もちろん太陽は見ることができないが、あの星、あの月、久し振りにて美しい夜空を眺められるということは限りなく嬉しいことである。

昼間も潜航せず、一路ペナンに向かって航走する本艦も機械が片舷のため一三節《ノット》が最大限、このまま故障なく走ってくれれば九日午後入港できるのだ。無性に陸地が恋しくなってくる。上陸が待遠しい。手紙も基地に来ているだろう。俸給をもらったら内地にて求められないようなものを、あれも買いこれも買うといろいろの空想に楽しい夢まで見る。

午前二時、帰投航路通報の発信を命ぜられて、十一通〔信隊〕と連絡を努めている最中、突然送信機故障のため発信が遅れてしまった。調査の結果、電力増幅管の中和蓄電器の調整装置破損のため、中和がうまくとれず、ために電力増幅管の回路に寄生振動発生して、増幅能率が低下せるに起因することが発見された。発信電報は明日に延期のこととなる。出港以来、最初の故障である。

八月七日　金曜日

午前中、東京放送通信系において、急に作戦緊急電報増加せるので、潜水艦に関係せる電報を翻訳してみたら、がぜん、米英連合の敵艦艇によりツラギが襲撃せられつつあるを報知し来《きた》ったのである。

午前四時半頃の発令にて、敵空母一、巡洋艦四、他艦艇二〇隻出現、上陸を開始せり。第三潜水部隊は急行せよとの電報である。果していかなる事態に立ち至ったか、詳しくは判明しないが、わが占領地の最前線の離れ小島である。通信基地があるようだが、きっと守備兵力も少ないことと思う。基地航空部隊が急行するとしても、それまでの運命が危いような気がする。

七月三十日にわが艦艇にて、蘭領ニューギニア付近の、アル諸島、ケイ諸島、タニンバル諸島を占領せるに対する報復的行為ではないかとも思われる……。ところで先日、セイロン島付近に出現せる英艦隊の消息は杳《よう》として知れない。果してわが占領地攻撃の企図を有するや否や、不明だ。

伊一八潜は明日ペナン出港、二十一日横須賀着の予定電報を打っている。羨しいような気がするが本艦もいずれ二十六、七日ごろまでには入港するだろう。

八月九日　日曜日　ペナン入港

中途故障を予想された機械も、極めて順序ある運転を続け、予定より二時間も早く、ついに待ちこがれた入港の時が来た。何日ぶりで聞いた号令だろう。「あと錨地まで五浬、ハッチ開け」……。もう自由に上甲板に出られるのだ。身内がゾクゾクするほど嬉しい。なんともいえない気持だ。後部ハッチから一番先に飛び出したら、もうすでに前部からも、艦橋ハッチからも続々出てくる。何日目で見る太陽の光ぞ。嬉しい嬉しい、実に嬉しいものだ。光線がまぶしくて見ることができない。見張員以外のものの顔の色、身体全体の色の青さよ、光線にかざすと皆透けて見えるようだ。

午後五時半、大桟橋に伊二〇潜と並んで横付けだ。入港の前に総員で室内整頓を始める。今まで万年床のようにしたのも全部整理する。入港後直ちに1sg〔第一潜水隊〕司令の分隊点検及び艦内巡視を実施さる。終りになされた司令の訓辞はあまり上手なものではなかった。

心楽しみにしていた手紙が来てなかったのが期待にはずれたが、慰問袋を各自一個ずつ配給された。小生のところへは、東京市深川区平野町塩田栄三郎さんという人からのが当った。慰問袋を配るときや各自開けるときの喜びようは、まるで子供そっくりだ。ヨーヨーだとか日月ボールだとか、下駄《げた》の入ってきた人も相当あった。

内地へ帰ったら早速御礼状を出さねばなるまい。午後八時（内地の五時半ごろに相当する）より、乗員の半数だけ陸上潜水艦基地に泊りに行く。夜は動揺のしない艦内にゆっくりと休息する。

本日の新聞電報ニュース

大本営発表（九日午後三時三十分）

帝国海軍部隊は、八月七日以来ソロモン群島方面に出現せる敵米英連合艦隊に対し、猛撃を加え、敵艦隊並びに輸送船団に潰滅的損害を与え、目下なお敵を攻撃中なり。

本日までの戦果、左のごとし。

撃沈艦船、戦艦一隻（艦型不詳）、甲巡アストリア型二隻、オーストラリア型二隻、巡洋艦艦型未詳三隻以上、駆逐艦四隻以上、輸送船一〇隻以上、撃破艦船甲巡ミネアポリス型三隻、駆逐艦二隻以上、輸送船一隻。

ペナンの五日間（八月九日、十日、十一日、十二日、十三日）

強烈なる太陽が、ジリジリと照りつける午前中の暑さに比較すると、まったく嘘のように涼しくなり、ときどき特有のスコールの襲い去った後は、かえって薄ら寒さを知るくらい。夜ともなれば、まことに夏の夕涼みにも似て、えも言われぬ楽天地のようだ。

今まで日陰にあったゆえか、皮膚が弱くなったゆえか、四日間のあいだに顔、手足が真っ赤になるほど日に焼けて、いっぺんに昔の健康美を取り返したようになった。やっぱり人間は太陽の光線の下に住めば、何十日間の疲労がわずか四日くらいの間にも回復するようにできているものらしい。皆急に元気になったように見える。この分で、最後の航海、ペナン—横須賀間三四〇〇浬を、押し通したら満点だろうと思う。

俸給は貰えなかったが、基地隊から下士官五十円、兵三十円ずつ貸してくれたのでずいぶん助かる。欲しいものはいくらでもあるが、どれもこれも欲しくて、結局はなんにも買わずにしまったが、まあ内地で買えないようなものだけでもと思って、毛糸、キャラコ、木綿等、若干求めただけ。

当地の買物風景はまた一段と面白い。インドネシア人、チャイナ、インディアン、マレー、各人各様の店があるが、いずれも片言の日本語をもって商売だ。安い、高い、上等、上等ナイ、マスター、友達など、四月入港したときよりは異常なるほど日本語が普及している。胸に大日本海軍使用人と書いてある札をつけている波止場人夫らは、多分に日本人と接触しているせいか、日本語だけでもほとんど通じる程度だ。クーニヤンも相当多くなっている。この前にはぜんぜんと言ってもよいほど見受けられなかったものだ。

われらは自分の行かんとするところへは、ヤンチョー〔人力車〕でどこまででも行ける（立入禁止区域は解除された）。しかもバット（煙草）一個で一時間くらいは乗れるのだから愉快だ。買物をして歩いて荷物が重くなると、マレー人の子供が「マスター、ボーイ」と言って何人もやってくる。その中の一人に包をもたせると、極めて忠実にボーイの役目を果す。一日使ってバット一個に十銭ぐらいで喜んでいる（バットは彼らが後に闇取り引きで三十銭ぐらいに売買するらしい）。煙草の欲しがることは大変なもので、買物でも一円くらいのところはバット一個ぐらいですぐまけてくれる。支那人の店では、売値に対して買値は半値とすれば（あるいはそれ以下）買いかぶりはしないようだ。

われわれは潜水艦基地に泊りに行き、六時間ずつの陸上散歩を二回許可された。慰安所も国際ホテルが当てられ、クーニャン、マレー等多くいるそうだが、ついに行ってみる機会もなかった。

食事はどこでしてもよいことになっているが、海軍指定食堂はまことに安い。一人前一円二十銭の昼食を注文すると、実に内地の五、六円の料理に相当するものが食える。取引きはすべて軍票で、日本の金ではできない。軍票で安心して取引きしてくれる。

ちょうどガンジー逮捕の直後のこととて、インディアンの間には皆知れわたっていて、非常に激昂している。十一日の夜は、約二万人のインド人の示威行進等があって、口々に「インド独立、ガンジーを救え」等叫びながら市街を練り歩いているのを見た。彼らの間には、片言まじりの日本語で兵隊をつかまえて、われらは独立のため義勇軍になるんだとか、日本の援助を借りて独立するんだとか言っている愛国の青年もいる。

ソロモン海戦の詳報がペナン新聞（漢語）に発表され、同時に地中海における独潜のイーグル号撃沈など、彼らは日本万歳を言い、東条英機の名を知っている。なかなか頼もしいところがある。

今まで彼らは英米人の使役の下に酷使されてきているので、占領後の日本人の寛容な態度に驚異の目を見張っているようだ。町には日本語学校もできていて、入学希望者が引きも切らぬとのこと。アジア民族のアジア、今日ほどアジア人の心が接近して来たことは、今までの歴史にないことだろう。インドには現在、各所に暴動が頻発、インド独立の愛国者が毎日毎日殺されていく。しかし時勢の力はいくら英国の弾圧が加われぱとて、いかんともできぬ運命にある。ビルマ国境に待機している日本軍の精鋭、一度インドに侵入せんか、英勢力はたちまちインドより払拭されるであろう。ペナンのインド人の間にもどことなくそのような気配が感じられた。

十一日、伊二〇潜、一足先に出港。横須賀に回航する。本艦の出港は十三日午後四時だ。

八月十三日　木曜日
午後四時、ペナン出港。ソロモン海戦、その後の詳報が発表された。
一、撃沈、米甲巡ウイチタ型一隻（旗艦）、アストリア型五隻（内一旗艦）、英甲巡オーストラリア型二隻、艦型未詳一隻、英乙巡アキリーズ型一隻、米乙巡オマハ型一隻、艦型未詳二隻、駆逐艦九隻、潜水艦三隻、輸送船一〇隻、計三五隻。
二、撃破、甲巡艦型未詳一隻、駆逐艦三隻、輸送船一隻、計五隻。
前発表にある艦型未詳戦艦は、巡洋艦アキリーズ型の誤りなりと。

なお、西地中海における独伊対英海空戦においては、撃沈艦船二八隻にて、独伊の大勝利に帰したことと判明せり。

午後四時、ペナン出港。機雷原あるため、危険につき夜、仮泊する。明朝シンガポール沖通過の予定。伊二〇潜はマラッカ海峡を出たばかりのところで潜望鏡を発見せりとの電あり。以前にリオ〔デジャネイロ〕丸の襲撃されたのもこの付近ゆえ、バシー海峡を出るまでは、まことに今までよりも、なお油断がならない。

八月二十三日　日曜日
荒れるものと想像してきた南シナ海は意外ともいうほどの静穏で、さらに敵潜の姿も見ずまったく気持がよかった。

二十日午後十一時頃、バシー海峡より少しくフィリピン側に寄ったパリンタン海峡を通過するあとは、八丈島まで一直線に進んで、そこから一気に横須賀に入港だ。予定よりも速力が出過ぎて二十六日にはいやでも入港らしい。伊一八潜は、二十日入港。赤痢患者発生のため、港外泊にて検便を受けているらしい。

入港の嬉しさは毎日毎日カレンダーをめくっては、あと幾日だとか、あと当直が何回だとか、八月二十六日の日付のところへは、祝入港だとか、万歳、おめでとうなどと落書してある。

土産物も多いのだが、果して妻が横須賀にいるかどうか、気になってしようがない。田舎《いなか》へ帰っているんじゃあ張り合いがないこと甚大だ。入港前になってやたらと夢を見る。すでに四箇月以上も音信を絶っているのだから、どんな変ったことがあるかも知れない。

父も元気だろうか。姉らは、妻の具合は？　あと三日の後には横須賀だ。

帰心矢のごとくというのはこのことだろう。東京湾外には、現在なお敵潜の出没はなはだしく、一昨日も、日朗丸がやられたらしく（没せず）電報を打っている。

南方の方面は相当忙しいようだ。マキン島はいまなお日米両陸戦隊が上陸して対峙中で、双方とも艦船は近よれず、日本は飛行機により糧食を補給しているとのこと。駆逐艦炎陽艦長からの電もある。

九月上旬ともなればポートモレスビー占領作戦も行われるだろうし、第二回南アフリカ遠征潜水艦戦も始まるだろう。いよいよ第二段作戦も真剣味が加わって来たようだ。

第三章　三度目は南太平洋、ソロモン決戦へ

横須賀出港、ガダルカナル島へ

昭和十七年十月十二日　月曜日　東京湾にて

去る八月二十六日、横須賀入港以来約一箇月と二十日あまり。各部船体兵器の故障修理入渠《にゆうきよ》等、なにがなんだかゴタゴタしているうちに過してしまった。

入港直後、熱海保養が一週間、海岸通りの森田屋旅館、土曜、日曜の引き続きが一回、三日間の休暇で帰省したのが一回。あとは横須賀で上陸しては、下宿の小父さんと碁を囲んだり、玉突をしたり意味のない夢のように過してしまった。

無理もない。顧みれば、あの苦しい四箇月間の行動、よくぞ身体が続いたものぞと、われながら思わざるを得ない。熱湯の鉄風呂と形容した作家もあった。まさにその通り。

太陽も月も星も、いな外界の空気とからも遮断されることが五十日、六十日続くのだ。平時の艦隊訓練では誰が想像し得たろう。超長期行動、しかも、それが一人の病人も出ずに片舷機をもっての二箇月有半。思い出してもゾッとするような機関部員の悪戦苦闘、モザンビーク海峡における痛快なる通商破壊戦。今はただ、ほんとにできないような、他人がやったことをはたで見ていたように、胸のうちを去来するに過ぎない。

先日、交換船鎌倉丸で帰国した英霊第二次特攻隊四勇士の遺骨、自分らが特に身近く接し、第一次特攻隊の予備艇長としてハワイ戦に参加した松尾大尉を思うとき、さらに、われらが遠くマダガスカル島北端ディエゴスアレス湾頭最後のときまで別れの握手をした岩瀬少尉、高田兵曹の顔もまた、壮烈なる軍神の面影として胸に浮んでくる。いつの日か、軍神として第二次特攻隊の勇士として世人に発表される日ぞ。先のハワイ海戦に横山正治少佐、上田兵曹長、さらにディエゴスアレスの二勇士と、わが伊一六潜の乗員として戦死せるその誇りは、永久に忘れることはできない。われらはさらにこれら四軍神のより以上の手柄を立ててこそ、初めてこれらの軍神も浮ばれることだろう。

わが艦はいま東京湾にある。一箇月有半にしてあらゆる部門の困難なる整備作業を終了。最後の確認運転その他の訓練、ことに補充交代により乗員（ハワイ海戦以来のもの）半数も新しく代ったので、新配置による基礎訓練から始めて、わずか二日間で実戦に適応できるようにしなければならないのである。

しかし、われわれは一歩東京湾を出れば、そこには敵潜があらゆる機会をねらって猛威を振っているのだ。一朝、見張、急速潜航に油断手ぬかりあらんか。それこそ全乗員の生命にも関することがたちまちにして起り得る可能性にあるのだ。

本日午後一時、横須賀入港最後の整備を終り、明日は乗員代表者をもって靖国神社、明治神宮参拝。来《きた》る十五日、いよいよ三度目の内地出撃だ。幾度か新たにせねばならないこの覚悟も、今度は幾分未練がある。

すでにハワイにて捨てた命、再度インド洋、南アフリカに長らえての出撃だ。惜しかろうはずはない。ただ、わが世継ぎとして今月末に産れ来るべきわが子の顔、男か女か知らねども、わずかに十日ないし半月の違いで出産の報も聞かれずに征くのが心残りなのである。

自分も親としての心の準備がなくてはならない。万が一つ、武運尽きず、今期行動の使命を無事に果して帰り、血の通えるわが子をいだくときの来らんか。そして願わくば、男子ならんか。自分の幸福はこれより最大はない。

十三日、靖国神社、明治神宮参拝。戦勝祈願。帰りに久し振りに逓信《ていしん》病院にいるたんちゃん〔妻の姪〕のところへ電話をかけて、明日妹〔義妹〕（きくえ）と一緒に横須賀に遊びに来るように誘う。

十四日、伊二〇潜にて、最後の通信打合せあり、出席。午後から軍医長、岩部兵曹と三人で、文庫の本〔艦内で乗員が読書をするための書籍〕を買いに行く。午後五時頃、妹ら駅まで来るはずが、六時過ぎになって、やっとたんちゃん独り。妹は先に来たはずだというが、いっこうそれらしい影も見えない。約一時間待ったが見えないので出掛ける。病院のほうの門限は九時半とのことで、八時三分の汽車で帰った。手紙と金五十円、妹にたのむ。小使必要ならこのうちから取って、残りを家へ送るように〔妻、出産のため帰省中〕。

十五日出撃の予定が十三番ベント弁不具合のため十七日に延期。十六日、久し振りの半舷〔上陸〕で外出。昼は玉突、夜は横田さんの囲碁で過す。

十月十七日　土曜日　一二〇〇〔正午〕第三次横須賀出撃

早く出港してくれればいいがと思っていてもいざ出港となると、いささか淋しい気がする。

しかし、第一回、第二回の本土出撃ほどの感激もまた湧いて来ない。空模様が悪いと思っているうちに果してポツポツ降ってきた。お別れの涙か。われわれには、それよりも海上が荒れねばよいがと思うほうが強い。一二〇〇〔正午〕出港、雨は本格的に降り出しそうである。港外に出る前から警戒航行、艦内休息乙法となる。またしばらく太陽ともさようならか？

東京湾を出たらしい。相当艦が揺れる。しばらく振りなので自分らもいささか気持が悪い。今度の補充交代で乗ってきた加藤、渋沢、西沢ら初めて艦に乗ったものは相当苦しそうで、さかんに吐いている。昼食は缶詰の赤飯だった。

十月二十一日　水曜日

伊一七六号潜水艦、ソロモン方面にて米戦艦テキサス型（二万七千トン）一隻に魚雷二本命中、二分後二回にわたり大誘爆音を聞くも、駆逐艦の制圧を受け、沈没を確認せずとの快報入る（九五式魚雷とあるから、たぶん沈没したことならん）。

十月二十二日　木曜日　快晴　トラック島

午前十時十分頃、敵潜水艦潜望鏡発見、あわてて回頭する。ウッカリしていてこの辺で雷撃されたのでは浮ばれない。油断大敵。思わずヒヤリとしたものを感じた。トラック辺の入口ではこれまで相当の商船がやられているし、敵潜も相当いるらしい。

一二三〇〔午後零時三十分〕入港。直ちに隠戸（特務艦）に横付。燃料補給、ソロモン方面の総攻撃に参加するらしく、相当急いでいるらしい。あるいは、明日すぐ出港するかも知れないとのことである。

夕食後、隠戸に風呂に行く。あといつ入れるか知れないと思うと心細くなる。日没が早く、食事も約一時間早くなった。戦艦二隻、軽巡、商船その他ずいぶん入っている。どこへ、何に使うのやら判らないが大艦隊である。香取も中将旗を揚げて入港している。

十月二十四日　土曜日

出港前に便があるから、軍事郵便を出せとの号令があった。思いがけなかったので、泡を食って大急ぎで葉書を認《したた》める。塩田栄次郎様（慰問袋）、石川吉幸、石川うめの、横田正孝、渡辺光子。

一二〇〇〔正午〕、総員集合あって艦長より今より向かうべき作戦地海面の詳細なる敵味方の配置、現在までの戦闘経過の概要の説明、及び出撃に臨んでの訓辞ありたり。

注。ソロモン諸島方面敵戦艦約五隻を主力とする相当優勢なる艦隊、及びガダルカナル島、ポートモレスビーに強力なる飛行基地あり。これらを利用して、現在までのわが占領地を奪回せんとする気勢なり。

一三〇〇〔午後一時〕、旗艦香取、母艦日枝丸に送られて、南口水道より出撃する。情報電報によれば、今夜ガダルカナルに敵前上陸して総攻撃を開始する。部隊はなつかしや、わが郷土部隊、二師団の歩兵第四連隊が主力だとあった。高橋勝比古（曹長）もきっといるに違いない。そのほかにも石森町、佐沼町出身の知人、親友もきっと大勢いるだろう。あの満州事変で多門中将とともに中央突破で知られた二師団だ。必ず成功するに違いない。願わくば、一兵の損することもなく占領するよう祈る。

十月二十五日　日曜日

海上平穏。わが艦は一路ソロモンの戦場へ急行す。本日の第一信にて6F〔第六艦隊〕長官より、陸軍部隊は昨夜一九〇〇〔午後七時〕ガダルカナルを占領せりとの電入る（後、訂正電あり。目下、飛行場付近にて主力激戦中なりと）。

艦隊の総攻撃も、今夜あたり始まるらしい。

十月二十六日　月曜日

ソロモン群島方面における総攻撃、敵の主力に対してわが方も戦艦級を配して、一挙に殲滅《せんめつ》せんとばかり昨夜から始めて今朝に至り本格的の艦隊戦闘が開始された。本艦は二十九日、〇三三〇〔午前三時三十分〕戦場到着の予定なので、とても間に合いそうもない。本日〇〇〇〇〔午前零時〕から特に東通待受を施行。第三次ソロモン海戦の情報を知ろうと努める。

通信量は昨夜来がぜん多くなって、東京通信隊、第六通信隊は一分の暇もなく、緊急電報を次々と打ち続ける。夕刻になってほとんど勝敗は決したようである。

GF〔連合艦隊〕長官より軍令部総長宛の電報には、敵戦艦二隻轟沈、所在空母三隻撃沈、ほとんど確実との報告である。また、摩耶偵察機の報告電報には、大破大火災中の敵航空母艦に対し、駆逐艦二隻にて砲撃中とある。たぶん曳航《えいこう》していったが曳航しきれないので、自分の手で撃沈せんとしつつあるのだろう。

ＧＦ〔連合艦隊〕参謀長から「出来得れば漂流中の敵航空母艦を捕獲、曳航すべし」なぞという前代未聞の命令も出たりして、戦争は一方的に結末がつくらしい。

なお、今夜も全力をあげて夜襲を決行するらしい。

十月二十七日　火曜日

伊二四潜より、敵戦艦を襲撃、魚雷一本確実に命中せりとの電報入る。ガダルカナルはまだ占領しないらしい。

本日より長時間潜航を始む。

十月二十八日　水曜日　ガダルカナル島偵察

本日早朝、ガダルカナル島偵察後、マライタ島とツラギの間を潜航、水中突破し、サンタイザベル島北岸を経てショートランドに向かう。十一月一日、入港の予定。

○八○○〔午前八時〕頃、大艇一機発見、潜航。敵味方不明なり。

十一月一日　日曜日

一二〇〇〔正午〕、ショートランド島入港。

相当大部隊の帝国艦隊が入港している。青葉級（衣笠なりと）、鳥海等甲巡三隻、日進、千代田、軽巡、駆逐艦十数隻（増援部隊ならん）。

第八艦隊の主力であろう。

明日の「ガ〔ダルカナル〕」島陸軍作戦には、協力して海上よりする。

敵増援部隊を遮断するために待機しているらしい。当地在泊中は、二四節《ノット》、即時待機なそうで、いずれの艦も漂泊して錨をおろしていない。

話には、毎晩二時頃から四時頃まで敵の空襲があるそうだ。周囲の島に陸軍部隊及び陸海軍の飛行場があり、敵機はそれが目的らしいとのことだ。

敵機来襲の場合には、潜水艦は沈座《ちんざ》〔海底につけて動かないこと〕、駆逐艦は小さい島を左回りに堂々めぐり。大艦は西方湾内をやはり堂々めぐりをして、爆撃を避退する手筈だ。早速今晩あたりでも来てもらいたいものだと期待していたが、あいにくと雨。ちょっとこれでは来られまい。

本日より乙潜水部隊より除かれる。本艦の目的は、当地の千代田より豆潜を運搬して「ガ」島付近に持っていって放してくるのだ。「ガ」島には未だ生き残りの敵の有力艦がいるとの情報がある。

本艦は乙潜水部隊より除かれると同時に、甲潜水部隊に編入。伊二〇潜、伊二四潜を部下とするその指揮官旗艦として、明後日（三日）特殊潜航艇を搭載して敵情報あり次第、ガダルカナルに進出して攻撃する予定である。

ハワイ海戦当時、先任将校として本艦におられた森永大尉がヒョッコリ顔を見せられた。相変らず人のよさそうな笑顔を見せている。伊三四潜艦長としてショートランド島に入港している。

「お手柄は」

と聞くとニッコリして、

「なあに輸送艦と敵潜水艦だけさ。そう危険なところへ行かないからね」

本日付で少佐に進級されたらしく、襟の金筋が真新しい。

千代田に横付の折、真水を貰えるというので、洗濯を許可され、出港以来初めて汚れ物を洗う。

二十六、二十七日、ソロモン方面第三次海戦の大戦果に対し、畏《かしこ》くも天皇陛下より勅語を下された。

十一月二日　月曜日

一昨日来、軽い下痢気味であったのが、本日に至ってもなおおさまらぬ。赤玉を飲んでも、看護から貰った薬を飲んでみても効めがなく今朝、朝食を五分の一ぐらい食べたのがいけなかったか、再び猛烈なる下痢を始めたので、昼食から断食を始めてみる。果してよくなるかどうか。その間は、赤玉ポートワインと梅焼酎とビールでも飲んで、胃のほうを整調しようと思っている。

ヒョッコリ出羽兵曹が本艦に来る。明日積む格納筒搭載準備のためで、また本艦に乗る予定なそうだ。ずいぶん縁が深いとつくづく思う。

現在までのところ、通信状況極めて良好なので、電信も非常に安心して当直に立てる。前期のインド洋方面のようなことはないと思う。

子供の生れた夢を見る。始終心にあるためだろう。音信不通なので様子がぜんぜん判らない。夢に見るのは男の子だったり女の子だったり、極めていい加減なものだが……。とにかく、元気に丈夫であってくれればよいと、そればかり心に祈っている〔十月二十二日、次女純子生れる〕。

運命の魔の手が迎えに来るその日まで

十一月三日　火曜日　明治節

ちょうど当直の〇〇三〇〔午前零時三十分〕頃、空襲ありたり。初めて経験することなれど、潜水艦にてはなかなか実際の光景を見ることはできない。総員潜航配置について、沈座用意をなし、上甲板に上がれないからだ。〇〇三〇―〇四〇〇〔午前零時三十分―午前四時〕頃まで、二回来襲があったけれども、ついに爆弾らしき音も聞かずにしまった。

腹の具合がとても悪い。未だに下る。食事も今朝ちょっと食べてみたが、すぐ痛くなるようなので、昼食を抜きにする。明日出撃までによくならないと、出港後は長時間潜航中、大便にゆけないので一番困るのだ。当直も相当きついが、できるだけ我慢してやっている……。

航海中は、積極的にこれといった勉強の方法も修養の方法も見当らないので、手当り次第に、文庫の本を読み、それが小説であろうと、書籍であろうとおかまいなく、一行動に百冊以上読むことに誓ったのだが、いざ種々なる本を読み終って、さてあとで考えてみると、まことに小説のごときは馬鹿らしいのが多く、よくこれでも小説として発行を許可されたなあと思うのや、読んでみて、さて考えてみるに、その後になんにも残っていないのや、まれに竹田敏彦、菊池寛あたりの書いたものでも通俗的な恋愛物で、筋なんかも今までに読んだものに似たりよったりするものがあるのでウンザリする。

自分は、普通、なんだかんだと一年に平均三百六十五冊の本は読んでいる（これは小さいとき、姉からお前はせめて学校へ行けない代り、手当り次第本を読んで、たとえそれがなんであってもよいから、常識を豊富にしなさいと言われたのがクセになったのらしい)。だから自分の好き嫌いにもよるが、この頃はどうも小説もあまり好きでなくなった。でもやっぱり航海中読む本がなくなると、必然的に読むようになる。一日に三、四冊も読んでしまうようなときは、きっとあとから頭がボンヤリして馬鹿らしくなってくる。

佐々木邦のユーモア物は、あれでなかなか教わるところは多いのだが、これも年から年中、似たりよったりの筋だ。ただそれでもなお読むものをして飽かしめないところが魅力なのだろう。一昨日から特別攻撃隊『軍神の面影』、黒潮会員の福湯豊という人の書いたものだが、『軍神を生んだ母』(清閑寺健著)と内容はやや同じだけれども、何回読んでも深い感動がいつまでも胸をとらえてはなさない。今までにない清新な感激を呼び起すのである。読み終ってから「ホッ」とする。感激に興奮するのだろう。いつまでもその内容を思い浮べるのである。

この本こそ、きっと将来の帝国維新の場合に起つべき人物を養成する原動力となることを確信する。それ、明治維新における、『日本外史』、『大日本史』のごとくに。

人間も感激の連続がなくては成功することもできないことと思う。昔から何かの調子に発奮して偉くなった人間は、必ずや偉大なる感激を覚えるとともに、さらにそれを何かの形において巧みに持続させることに努力したに違いない。われわれのような凡人にてさえも、ヒットラー伝、ムッソリーニ伝、野口英世、西郷、南郷、東郷等の伝記小説を読むたびに大いに興奮し、感激し、これらの人々の当時の発奮にも負けないような気持になるものだが、さて半日たち、一日過ぎると、霞のごとく消えさって、跡形もなくなってしまう。意志が弱いのか、なんなのか？

毎日毎日、偉人の伝記小説でも片手にもってやっていったら、上手に感奮状態を連続させることができるだろうか？

十一月四日　水曜日

昨夜はとうとう夜間空襲はなかったので、ゆっくり眠れた。

午前八時、千代田に横付して特殊潜航艇を積む。第三回目の搭載。今度の艇長は中尉の八巻〔悌二〕という人だ。整備のほうは出羽兵曹が来た。

何事も三度ということがあるから、必ずや今度こそ成功して、無事に帰って来ることと思う。

目的地はガダルカナル島のルンガ泊地。敵は重巡三隻、駆逐艦一〇数隻、輸送船若干との情報が夕べ来ておったが、戦艦か空母がいるとすれば、さらに戦果があがるのだが、果してうまく入港してくれるかどうか。出羽兵曹、三度本艦に搭整員として乗艦する。ハワイ海戦以来だから、よほど縁が深いと言わねばなるまい。

十一月五日　木曜日　昼間潜航

去月二十六日に行われたソロモン方面における海戦の大本営発表の新聞電報が出羽兵曹によって千代田からもたらされた（新ニュースのため潜航中受信漏れ）。それによると航空母艦四隻、戦艦一隻、艦型未詳一隻撃沈。飛行機二〇〇機以上、撃墜破となっている。艦型未詳艦は、当時長官より大本営宛の報告では、戦艦二隻轟沈と報告せるうちの一隻ならん。

戦艦一隻中破、空母一隻中破もあり。なおそのほかに八月二十五日の第二次ソロモン海戦以後、今次南太平洋海戦直前に至るまでの各地域における総合戦果も発表されており、空母、戦艦、甲巡、軽巡、駆潜各種四十数隻撃沈破、飛行機七百余機撃破となっている。

現在自分が読みかけつつある第一次世界大戦史『一万五千海里』というドイツ東亜艦隊と、当時の南洋方面の状況を書いた本の中にある、コロネル海戦、フォークランド海戦などありて、大々的に取り扱っているが、前者はフォンシュペー独提督が、英巡二隻撃沈、後者は反対に連合国海軍によりて、巡洋艦四隻撃沈、〔フォン〕シュペー伯も運命を共にした海戦であるが、今次大東亜戦争以来というものは、当時の海戦のどれと比較すべくもないほどの大戦果の連続であって、実に想像以上の大規模のものである。ただ、航空機と無線の発達によるためか、当時のエムデン号のような冒険的活躍こそ自然にできない状態になっていて、いざというときは、空水中の一体となってやる立体戦なのだ……。

なお、わが方の損害も、月日とともに小なりといえど重なっていく。加古・古鷹・三隈、最近、またまた伊二二潜の沈没説があり。いよいよわれらの番の近づいたことを思わせる。緊張、緊張。

これにて、ハワイ海戦以来の陣中日誌、一冊目を終る。読み返す気もない。幾度か決死行の中にありて、気の向いたときに書き綴ったもの。そしてわれ死なばもろともにこの世から没する運命にある。しかし、第二冊目を書き続けてゆかねばならない。運命の魔の手が、太平洋の海底に迎えに来るその日まで。

解説および潜水艦伊16号関係資料

軍人幸太郎と人間幸太郎の相剋

石川純子

私には父の記憶がない。

最後に会ったのが、父の年譜によれば昭和十九年正月で、私は一歳二ヵ月だったからである。

それでもそのとき停車場で父を送った話を繰り返し聞かされたためか、その場面が心の中に一枚の絵のように納まっている。

「デッキさ立って、右手、こうやって……」

母（うめの）がしてみせた敬礼姿の父は、映画で見た兵隊のように立派だった。

今度、父の幼なじみの菊地貞信氏を訪ねたが、その場面に偶然立ち会っておられたことを聞いた。

「幸ちゃんも、うめのさんも、目に涙いっぱいためてたっけなぁー」

遠くを見る目をして菊地氏が呟《つぶや》いたその一言に、私は不意を衝かれた。敬礼に涙が似合うはずはない。

疎開先の妻に、子どもらと父親を残して、死ぬためにだけの戦場に戻って行かねばならなかった父。父は、潜水艦で南太平洋の飢餓地獄の島々への食糧輸送に当たっていたのである。それから五ヵ月後、間違いなく父は死んだ。

何が立派だろう。現実の父は涙の中に妻子と別れていったのだ。そのとき私は生きた父に出会えたと思った。

父、石川幸太郎は太平洋戦争に従軍すること二年六ヵ月、昭和十九年五月十九日、ブーゲンビル島ブイン沖で戦死した。

その間、伊一六潜水艦で、真珠湾、インド洋、南アフリカ沖、ソロモン海域と転戦するが、この本の元となった陣中日誌は開戦から一年間の記録である。それゆえその意気たるや、

「今やいたるところ帝国陸海軍の勝ち進むところとなり、世界各国共に色をなして驚いているようで痛快の極みなり」（昭和十六年十二月十一日）

と、すこぶる高い。しかし、それも南アフリカ沖通商破壊戦が、

「後味の悪さを残して……」（昭和十七年七月十三日）

と終るあたりから、かげりを見せ、破局への第一歩となるソロモン海戦に出て行くところで、この日誌は終る。

その後の父は、ラバウルを足場に飢餓地獄と化したニューギニア付近の島々に食糧、

弾薬の潜航輸送に当たる。「丸通」と呼ぶ輸送船となった潜水艦が、レーダーを装備した米軍艦隊に撃沈されるのは時間の問題でしかなかった。

あの停車場での別れは、その輸送の途中、爆撃を受け、艦の修理でたまたま帰投したときのことだったのである。

「われわれは人間として最高の名誉の死場所に突き進みつつあるのだ」(昭和十六年十一月二十二日)

「光栄ある軍神横山少佐、上田兵曹長を生んだわれら伊一六潜の乗員だ。一人残らず軍神とならんの意気をもって突進せねばならない」(昭和十七年三月十九日)

「酔生夢死の五十年よりも護国のための花と散らん二十有五の人生こそ望みなり」(昭和十六年十一月二十八日)

日誌に散らばる、これら父の愛した言葉。

「名誉の死場所」、「軍神」、「護国のための花と散らん」、このような言葉に殉ずることを名誉とした時代の狂気が日誌には埋まっている。この日誌だけ見れば、父はその言葉どおり、軍人として立派にその生を全《まっと》うしたかに見える。しかし本当にそうだったのだろうか。

わが家には、もう一冊父の日記が遺されていた。活字になったこの陣中日誌が「軍人幸太郎」の証《あかし》なら、それは、「人間幸太郎」の証ともいうべきものである。そして、この日誌が戦場の記録なら、もう一冊は、日常の中の「もう一つの戦争」の記録ともいえるものである。それは母が秘匿《ひとく》していたもので、母が交通事故で急逝しなければ、私たちの目に触れることがなかった「妻への遺書」ともいうべき記録である。

それに触れる前に、順序として父の生い立ちをたどることにする。

父、幸太郎は大正六年一月十一日、五人姉弟の末っ子として、宮城県登米郡石森町に生まれた。家は田畑、五町歩を持つ旧家で、明治の末、幸太郎の父親は当時としては珍しかった乳牛業を始めた。牛乳配達の車に「博愛舎」と書いて町を引かせたというが、しょせんは旦那業、集金もままならず失敗に終る。あげくに妻が結核となり、自分も肋膜を患い、長期の治療費に田畑は次々に消えていった。

幸太郎の不幸は、この実母の結核から始まる。生まれてすぐ里子に出され、三歳のときに母と死別する。その後は同じ町内の母の生家に引き取られ、以後自分の家に戻ることはなかった。戻ろうにも、家は破産、一家離散してしまうからである。破産にまつわる、こんな話が残っている。

珍しく生家に呼ばれた幸太郎は、父親から突然、

「明日、この家を銀行に渡すことになっている。お前が今夜ここに泊まって渡せ」

と命ぜられる。そう言って、父と長姉のゑみほは遠い岩手県の宮古《みやこ》へ旅立って行っ

たという。この後、幸太郎はこの宮古を想う日が続く。

引き取られた母の生家は、このころ祖母も伯母も亡くなり、祖父、伯父、幸太郎の三人になっていた。この女手のなくなった家で、幸太郎は飯炊きを担うことで居候であることに耐える。幸太郎の最も辛い時代である。が、この忍耐とて切れるときが来る。

気がついたとき幸太郎は、父親が言い残した宮古を目指して線路伝いに歩いていた。家出をしたのである。しかし途中で保護され、父親まで届かずに終る。これが当時の新聞に「父を訪ねて三千里」として載ったという。

自分が求めているのは家庭なのだと、後の日記に記しているが、このときに味わった苦い挫折感は家庭への憧れをいっそう大きくしていったのだろう。

その後、幸太郎は軍隊に志願、昭和八年、海軍通信学校を経て職業軍人の道をスタートする。貧乏人にとって、未来を開くものは軍隊しかなかった時代である。俸給を手にするや幸太郎は、長姉の世話になっている父親へ仕送りを始める。軍人への道は、親孝行の道でもあったのだ。

「ただひとりの親にたいして孝養の仕様が、まだまだ足りないことに気づいた。冗費時間が多い。もっと目的を小さくして、親という存在を唯一無二のものとして孝養に専念せねばいけない」

以後、幸太郎の日記には「親への孝養」が繰り返される。

そのころ文通し始めたのが、小学校の同級生で、後に妻となる阿部うめのである。幸太郎から頼まれて、その取り次ぎをしたという菊地貞信氏は、

「幸ちゃんは、俺たちと比べて、マセ（早熟）てたなぁ」

と当時を振り返る。肉親の愛情に恵まれなくて寂しかったのではないか……ともいって目を細めた。

うめのは郷里の隣町で見習い看護婦として働きながら助産婦に挑戦していた。幸太郎は軍隊での過酷な新兵の生活、文通は大いに互いの励ましとなったのだろう。うめのは助産婦の資格を取るや上京、二人の距離を東京と横須賀に縮める。その後、産院で働きながら看護婦の資格も取るが、高小卒業以来、すべて自力でやり遂げる、みごとに自立した女性だった。幸太郎が送った写真の裏には、どれにも「わがベアトリーチェ、阿部君へ」と記されていて、二人の恋愛時代を彷彿とさせる。ダンテがベアトリーチェの愛の力に救われたように、うめのの愛に支えられて、つかの間の青春を生きたのである。この二人の仲が結婚へと進展していくのは極めて自然だった。

ところが、この結婚には、思わぬ伏兵が待っていた。

軍隊では結婚に所轄長の許可、つまり国の許可が必要とされたという。親の同意書と相手の身上調書がそろわねば結婚できなかったのだ。幸太郎の結婚はこの許可に阻

まれ、「もう一つの戦争」といえるほどの苦悩と闘いを強いられる。国が許可の前提とした親の許可が貰えなかったからだ。

二冊目の日記には、「軍人幸太郎」と「人間幸太郎」の葛藤が書かれている。昭和十四年一月から十一月五日までの約十ヵ月間、二十三歳の日記である。

戦前、恋愛は男尊女卑の風潮と儒教道徳の中でひどく蔑《さげす》まれていた。そのうえ軍人の世となって、それはますます地に堕ちる。少なくとも幸太郎の郷里では、「好き連れは泣き連れ」と蔑まれ、世間の笑い者となるのが関の山だった。そこへ、親孝行だ、優秀だと、誉められていた息子が、何を早まって「好き連れ」とは、しかも女のほうが年上というではないか……(うめのは同級生だが、七ヵ月早く生まれていた)。

父親は、ただ世間の常識に従って反対したのである。そのもとはといえば、嫁などなんとでもなるという当時の嫁取り意識と、子は親に従うという家長意識からである。この父親には、「反対」という一言が、後々までどれほど息子を苦しめることになるか、まったく理解できなかったのだ。幸太郎にとってこれは予期しないことでもなかったが、父を説得してくれると信じていた長姉にまで反対されてしまう。

「信用せられない倅や弟と思われた自分の気持ちが可哀相だ。親の真実の愛情を知らない自分がいとしくなる。何もかも不幸の連続が自分の人生なのだ」

と、幸太郎は日記にもらす。

「苦しいほどの現実の闘いのなかに進めて来た理想なのだ。希望も励みもそれだからこそあったのに……」とも。

幸太郎はこの反対によって、軍人である限り、うめのとの結婚は不可能だという事態に立たされる。しかもこの渦中で、二人の間には子供ができてしまい、前途はますます厳しくなる。

「うめのも自分と同じく決心してくれて、どんなに心強いか知れない。どこまでも強く一歩一歩を踏み出して最後の勝利を得るよう……たとえ平凡な家庭を営もうと平和でさえあればいいのだ……」

幸太郎がどんなに家庭に憧れていたか。それなのに、かつて幸太郎から家庭を奪った父親が家父長の権利をかざして、ふたたび幸太郎の家庭に立ちはだかる。「父を訪ねて三千里」の果てが、これだったのだ。この理不尽を、

「自分の思うことがそのまま通らなければいけないと思う強い父。父はその権利の行使範囲を間違えてはいまいか。自分で育てた子供ならなんとでも言うがよい。生れて一年にも満たない自分を、軍籍に身を投じるまで育ててくれた親は誰かと考えたら、そんな強いことを言えたものでもあるまい。親は親、厳然として存するのだけれども、真実の愛情というものは、そんなものではない」

と日記に書いてもみるが、それを言ったとてどうなるものでもなかったろう。生ま

れた子は、ルイ子と名づけられるが、その存在はしばらく秘密にするほかない。

「そのうち会って三人で仲よく語るときもあるだろう」

とあるから、後に引き取ることで里子に出したのだろうか。うめのとて乳児を抱えては働くことができない。幸太郎の憧れ続けた家庭は、ここでも挫折、しばし遠のく。

「世間からなんと言われようと二人はどこまでも正しいのだ」、「自分はうめのを守る」と、幸太郎は自分に言い聞かせるように日記に書く。しかし、それを貫くことと軍人であることとは真っ向から対立する。幸太郎は断崖絶壁に立たされる。

恋愛を貫くこと、ただそれだけで幸太郎は国家の壁に阻まれたのだ。どんなに七転八倒しようと、あとは、時間をかけるしかない。しかしそれにも限度というものがある。人はいつまでも断崖絶壁に立ち続けるわけにいかない。

そのうち幸太郎には、北海道千歳への転勤指令が下る。これまでだって、ほとんど会えない生活なのだが、今度はいっそう遠い。その北海道で幸太郎は日記に書く。

「愛するうめのよ、どこまでも強く純潔に、そして雄々しく生きてあれ」と。

二冊目の日記は、この言葉をもって終る。昭和十四年十一月五日のことである。

ところで、この「もう一つの戦争」は、別のところでも幸太郎を待ち受けていた。この日記には、憲兵隊に呼び出されるという事件も書かれているのだ。昭和十四年二月から三月にかけて通信学校（高等科）の卒業間近なころのことである。理由は「どうもならない言い掛かりをつけられて」としか書いてないから、真相は分からない。

当時を知る人々のサジェストでは思想問題ではないかという。幸太郎が読書家だったことは陣中日誌からもわかる。その読書が災いしたのではないか、というのだ。特別左傾の本ということでなくとも、たとえば昭和十四年ごろに『中央公論』、『改造』さえ問題になっていたのが、日記の一節からわかる。

「『中央公論』や『改造』を読んではいけないということは今まで聞いておらなかったが、今日初めて聞いた。どうしていけないか不思議でならない。言論の自由は許されているはずだ。またこの本の内容にも国体観念を啓発するようなことは書いてあっても、決して国家国民、日本民族を冒瀆《ぼうとく》するようなことは書いてないように見受けられる。かりそめにも書いてあるとすれば、国家としても発行を許してはおらないはずである。自分はただ面白いから興味をもって読んでいるのであってほかに何ものもない。

もし言わん人があって、軍人はそんな本を読んで知識を求める必要はないと言うならば、自分は言いたい。なるほど帝国の軍人、国家の牙城である自分らは、ただ一筋に五條の勅諭〔軍人勅諭〕を体して専心忠節を尽すのが本分である。しかしながら、しかるがゆえに知識を度外視せよとは、それはある人々の無知な考えから出た言葉だろうと思う。われわれは軍人であると共に尊い日本民族の一人である。現下の情勢の一部でも知り、国民としての常識を求め得てこそ初めて時代に則した正しい忠節の道をたがえず踏み行えるのではなかろうか。ただ、馬車馬のごとく絶対盲従とはこれ断言し得る言葉ではあるまいと思う」

　つねづね思っていたこんな本音が、事件の発端だったかも知れない。

憲兵隊からの呼び出しは三回で終っているが、ケリがつくまでの二十四日間、「悪夢にうなされたような」日が続く。この「忌まわしい」体験は、「心境に変化を来した」と書くほど衝撃的なことだったようだ。

　そもそも幸太郎は、「絶対服従の軍隊生活で」、どこか斜めだったという。初年兵のときから苦楽を共にし、この日記の中に「小林兵曹にこそ一番の友愛を感ず」と登場する小林長作氏は、「そのために同年兵の自分たちより進級が遅れたはずだ」とおっしゃる。その片鱗《へんりん》が、次の一節にも垣間見られる。

「海軍の人々の生活そのものに対しては何かしらとけきれない感情や、意志の抑制をもっては居るものの、元はと言えば、貧乏のどん底にある者は、それすらも出来過ぎたことだと心の隅の良心がささやく」

　特別の咎めということもなかったようだが、その後の幸太郎の心の変化は大きい。日記には「一日を反省して幾分不平の起りかかったこと二、三度、かろうじて制す。

間違いのなく過せることを得たのを神に感謝す」といったことが、毎日のように書かれる。そして、その二ヵ月後には進級ドロップの決定が来る。

「進級も今度はドロップしたらしい。自分の負けという苦い経験もいよいよ今度味わねばならない。でも平静な気持ちでいられるように修養せねばいけない」

自分の本心をひたすら押し殺し、「貧乏のどん底にある者は」軍人でいられることだけでも「出来過ぎたことだ」と、あきらめる姿勢が顕著に出てきている。憲兵隊での取調べは、どことなく「斜め」であった「軍人幸太郎」へ、とどめを刺したということなのだろうか……。

こうして幸太郎は、「軍人幸太郎」と、「人間幸太郎」の間で起こる葛藤を切り捨て、しだいに後退していく。


さて、この二冊目の日記から真珠湾出撃までには二年間のブランクがある。あの断崖絶壁に立たされた幸太郎はどうなったのか。私はそのブランクを埋めたいばかりに、父の親友の小林長作氏を栃木県喜連川《きつれがわ》町に訪ねた。

「親父が頑固で、なんともならない」

と、いったんはうめのとの結婚をあきらめたと、小林氏は覚えていてくださった。やっぱりそうだったのか、という思いが走る。あの憲兵隊での取調べ以降の日記が気になっていたからだ。父親を説得すべくチャンスを待っていた幸太郎も、結局は自分の心にしのびよるあきらめの攻勢に屈していったのだ。

しかしこの変節を、うめのが許すはずはない。

「いやぁ、あのときは、うめのさんが積極的で……。石川は、あんな美人に惚れられて、うらやましいなんて、冷やかしたもんです」

と小林氏は、幸太郎に代わって世田谷のうめのの下宿まで足を運んだ思い出を語る。ベアトリーチェの本領を発揮したというべきか。いや、そもそも二人の恋愛は、そんな半端なものではなかったはずなのだ。幸太郎が結婚を決断するのは、米国との開戦を察知したときである。死に直面したとき、国の許可も親の反対も超える。真珠湾攻撃に向かう日誌には、

「結婚してわずか二日の生活しかしないうちに死んで行くようになるかも知れない。否、自分としては生還は期しておらないつもりだ」（昭和十六年十一月二十一日）

と書いている。

もちろん、無届結婚だが、この決断が長姉を動かし、父親の許可を取りつけてくれる。昭和十七年二月五日、幸太郎は晴れて、

「うめの入籍の件も解決したので、すべて心残りもない」

と日誌に書く。思えば、うめのとつき合って八年、ともかく初志を貫いたのだ。万

感の思いがあったろう。陣中日誌の意気が高いのは、この心の高揚も充分加味されてのことなのである。

しかし、それからわずか二年二ヵ月、予定されていた死は確実にやってきた。昭和十九年五月十九日、幸太郎はソロモン海域で戦死する。幸太郎がやっとつくった家庭には、父親と、妻、一年五ヵ月と、生まれたばかりの赤ん坊が遺された。子供は私と弟であり、そのとき三歳十ヵ月になっていたはずのルイ子はいない。こうして父幸太郎はわずか二十七歳と四ヵ月の生涯を終えた。ともかくも恋愛を貫き、わずかの間だが、夢だった家庭をつくって……。

父の薄幸な一生を思うにつけ、これまでの私は、せめてもそれを救いとして父の死を納得させてきた。しかし、今は違う。

私は父の遺した二冊の日記をたどって、父に会いに行った。かつて父が線路伝いに宮古の実父のもとへたどり着こうとしたように……。まさに「父を訪ねて三千里」の思いであった。

ところが、訪ねていくと、日記の奥には、置き去りにされたように一人の幼女がいた。「ずっと待っていたよ。五十年も前から……」。その子の無言の目が、私に訴えかけてきた。「どうして、わたしはここにいるの？……」。切なげな目が、私をとらえて放さない。その幼女がルイ子なのである。私はその幼女のせつなげな目にせかされて、父と母の青春を追い、戦争に分け入った。そして、やっと父の死までたどり着いた。が、これでは、まだ足りない。

ルイ子は、うめののメモの中にも一度だけ登場する。

「来る日も来る日も思いは遠くわれら、わが君のもとに。幸太郎様、御無事をと祈るこの日夜の気持ち。別れ住む恋人……いや、今は只一人の良人（略）」

と、始まる走り書きの最後に、

「懐かしきこの日記帖……これもルイ子ちゃんの生まれしときのものでしたね。ルイ子ちゃんも、お父様の帰りをお待ちしていますと

とある。うめのが幸太郎の日記に書き入れていたのだ。

昭和十七年七月一日の日付になっているが、念願の入籍が決まり、家庭を持って五ヵ月、うめのにとって幸せなときだったのだろう。幸太郎は南アフリカ沖通商破壊戦に出征中であった。

ところが、それから四ヵ月後、その家庭には私が長女として迎えられ、「お父様の帰りをお待ちして」いるはずのルイ子の名はない。そして、これ以降もルイ子の名があらわれることはない。

親への手前、入籍前にできた子を家庭に戻すチャンスが難しかったのはわかる。そのため養女にしたのだろうか。それとも里子に頼んだまま田舎に疎開、舅との同居、

長男の出産、あげくに幸太郎の戦死と、生活の激変の中で、ルイ子を迎えるチャンスを失してしまったのだろうか。その後に至っては、舅と二人の乳飲み子を抱え、慣れぬ衣類の行商に明け暮れ、ルイ子を取り戻す条件は、ますます悪くなっていく。結局、結婚の許可が取れぬまま、いたずらに月日は過ぎ、二人はルイ子を迎えるチャンスを逸してしまったのだ。幸太郎の父親さえ早く許せば、こうならなかったのは確かである。

しかし、結婚に国の許可がいるなどということが、そもそも異常なのだ。国が同意書など要求しなければ、親が反対しようが、二人は一緒になれたし、ルイ子を手放すこともなかったのだから。

むろん二人にも弱さはある。結婚にしても、父親や姉の常識と闘い、説得の上で成就したのではない。親への孝養を先行させ、家の嫁と納まる限り、入籍前に生まれた子は恥でしかない。時代に先んじて恋愛を貫いた二人だったが、それが二人の限界でもあったのだ。

つまりルイ子は二人の恥部であり、五十年もノートに置き去りにされてきたのは、そのためでもある。うめのはルイ子のことを一言も語ることなく逝った。ルイ子を取り戻せぬまま戦争を抱えて果てたのだ。

いや、賢明なうめののことだもの、確かなところへ養女として手渡したのだと期待をこめて思ってもみる。そうだとしても、それこそ幸太郎の二の舞である。ルイ子に自分と同じ幼少女時代をおくらせてしまう。幸太郎の無念の思いたるや、いかばかりだったろう。うめのとて、私にさえ生涯語らなかっただけ、その心中たるや想像するに余りある。思えば晩年、幼女にこだわり、近隣の幼女を可愛がること異常なほどに見えたのはそのためだったのである。

新たに知らされたルイ子の存在は、幸太郎の夢であった家庭が挫折していたことを教えてくれる。それは家庭ではなく、父親を家長とする家でしかなかった。ルイ子が入れられないのは当然だったのだ。このルイ子の存在は、私の今までの父母観、戦争観を変える。何がルイ子をノートに閉じ込めたのか、何がルイ子を家に入れなかったのか、それをくどくどと書いたのは、私の姉探しの最初の仕事だと思ったからだ。あの停車場の最後の別れ、そのときの父の涙の意味が、やっと私にも見えてきた。ルイ子を復権せねば、真実の父母の鎮魂にはならないということが。

戦争は戦場にばかりあったのではない。戦争遂行のために、思想、信条、結婚に至るまで、すべて管理され絶対服従を強いられる。その精神的な苦悩は、幸太郎の日記で見たとおりである。いつの時代も青年はその性と階級に目覚め、そこを乗り越えていくものだといわれる。幸太郎も恋愛に悩み、貧困に打ちのめされ、やみくもに本をあさった。ただそれだけのことなのである。その青年として当たり前のことが、もうひとつの戦争といえるほどの苦悩と犠牲を強いる。ルイ子はその直接的な犠牲者だったのである。

「うめのよ、今頃ルイ子が泣いておりはせんかと思うと、俺まで泣きたくなる。可愛いルイ子よ、ママまで泣かせないようにしてくれ。そのうち会って三人で仲よく語るときもあることだろう」

これは、幸太郎が最も苦しんでいたころの日記の一節だが、にっちもさっちもいかなくなった幸太郎、うめの、ルイ子、三人のうめきが行間から伝わってくるようだ。「三人で仲よく……」も果たされぬまま、私にはいまだ三人とも、このうめきの中にいるように思えてならない。幸太郎の死を、ルイ子を知る以前の解釈で納得するわけにいかないのはこのためである。

そのうえで改めてこの陣中日誌を読めば、その意気が高ければ高いほど空しく、また痛ましく思えてならない。まさにこの日誌は「軍人幸太郎」の記録でしかなく、その裏には右のようなドラマがあったのである。

かつてうめのはこの日誌のことで、『朝日新聞』の藪下彰治朗記者にインタビューを受けたことがあった。そのとき、

「女手一つの商いは貸し倒れだらけでした。でも、一番大きな貸し倒れの相手は〝昭

和という時代〟でした」

と答えている。

まさに「昭和という時代」は、どの人にも、どの家族にも、このような犠牲を強いた。何も幸太郎やうめのが特別なのではない。二人を詳しく追ったのは、そのように昭和という時代を生きた庶民の一つの典型だろうと思ったからである。

しかもその犠牲が、結果として他国の人々への加害者となってしまっていたこと、無念と言えばこれほど無念のこともなかろう。半世紀も過ぎて、この「軍人幸太郎」の記録は、一つの歴史の証言になろうとしている。にもかかわらず、「人間幸太郎」が残していった問題は、今やっと出発点に立ったばかり、私はそれこそ「姉を訪ねて三千里」の思いの渦中にある。父が潜水艦の中で書いたこの陣中日誌とこの父母の一生が、せめても戦争のない世界を創るための、ささやかな力となればと念ずるばかりである。


最後に、この父の陣中日誌がどんな経過でこのような本になることになったのか、それを付しておきたいと思う。

私は岩手県水沢市に住んでいるが、隣市の北上市和賀町に一つの不思議な墓がある。それは、高橋セキさんというお婆さんが、入口に莚《むしろ》を吊すような生活の中で、昭和十九年十一月四日に戦死した息子千三《せんぞう》のために建てた墓である。

戦争は母一人子一人のセキさんからも息子を奪っていった。天涯孤独になったセキさんは、千三の墓を建てることだけを生きがいに戦後を生きた。しかし、自分が死んだら誰が千三の墓を拝んでくれるか……？　その長い自問の末に、お墓を道端に建てることにしたという。通る人みんなから戦死者の墓と思って拝んでもらえればいい。そうすれば、みんなも戦争を忘れないだろう。そう考えて、セキさんは千三の名を後ろに、表には「南無阿弥陀仏」の六文字を刻んだ墓を建てた。信心深いセキさんは、仏の願力で拝む人たちも救わるようにと願ったのだという。

私の母も苦しい生活の中で父の墓を建てたが、それは「石川幸太郎」という個人の墓であって、セキさんの墓はそれとまったく違う。

セキさんは、千三の墓を道端に建てることによって、個人の所有にとどめず、そこを通る人みんなのものにした。拝む者、花を手向《たむ》ける者にとって、千三は次第に象徴的な意味をもち、戦争で死んだ者すべてを包含するものとなり、セキさんの思いは戦争で息子を亡くした幾万の母たちの思いとなった。時を経てその墓は、戦争の記念碑、反戦のモニュメントとなったのだ。

今、千三の命日は「千三忌」と名づけられた戦争を考える日となっている。この墓をセキさんの意志の墓と受け止め、その墓守りを任じた畏友の小原麗子さんが主催する年に一度の反戦の集いである。

　この「千三忌」に、父の陣中日誌の話をしたことがあった。それが藪下記者の耳にとまって新聞に紹介され、その機縁でこのような本になることになったのである。だからこの日誌は、ささやかに続けてきた反戦の運動の中で掘り出された一つの成果ということになる。「千三忌」を続けてこなかったら、このまま埋もれてしまっていたかも知れない。今年も、十一月には八回目の「千三忌」がめぐってくる。このことをセキさんの意志の墓に報告できることをうれしく思う。

　なお直接本を作るに当たっては多くの方々のお世話になった。

　父の親友だった菊地貞信氏、小林長作氏、多くのアドバイスをいただいた角田幸太郎氏、印南春治氏をはじめとする伊号第一六潜水艦戦友会の皆様、出版の仲介の労を取ってくださった菊池日出海氏、解説をお寄せ願った戸高一成氏、図版トレースの板垣正義氏、編集の小林康欽氏に心からお礼を申し上げます。また立派な装丁の本にしてくださった田村義也氏にも感謝いたします。そして、出版を引き受けてくださった草思社をはじめ、紙、印刷、製本など、この本の製作にご協力いただいたすべての皆様、ありがとうございました。

　一九九二年十一月

（いしかわじゅんこ　石川幸太郎次女）

潜水艦伊一六号海底の日誌を読む

戸高一成

平成三（一九九一）年の十二月八日は、日本海軍がハワイ真珠湾を奇襲攻撃してから五十年目であった。テレビ、雑誌などは、無数の五十周年記念の報道を行ったが、その多くは機動部隊の航空攻撃を中心としたものであり、昭和十六年十一月二十六日の機動部隊の単冠湾《ひとかっぷわん》出撃をもって、作戦行動の始まりとするものが多かった。

しかし周知のように、二週間も早い十一月十一日には、潜水艦隊の一部はすでにハワイ目指して呉軍港を出撃していた。そして、十八日には、本日誌の筆者である石川幸太郎氏の乗り組んだ伊一六潜が、甲板上に特殊潜航艇を搭載して桂島を出撃したのである。ハワイ作戦における潜水艦隊の作戦は、敵状監視と機動部隊の空襲に応じて真珠湾に出入する艦船の襲撃であった。

しかし、潜水艦部隊のハワイ攻撃を特徴づけたのは、実はこれらの作戦ではなく、特殊潜航艇（甲標的）を搭載した第一潜水戦隊の五隻の潜水艦（伊一六、伊一八、伊二〇、伊二二、伊二四）による特別攻撃隊の存在であったと言えよう。

甲標的は、本来、日米艦隊の洋上決戦において、敵主力艦にゲリラ的攻撃を掛ける最高機密兵器（軍機兵器）として開発されたものであった。しかし、航空機の発達などから、甲標的搭乗員の中には、このような形の使用の場面は今後起こり得ないのではないかとの危惧を持つものがあらわれた。この代表の一人が岩佐直治中尉であった。岩佐中尉は甲標的母艦の千代田艦長原田覚大佐に意見を具申し、これが連合艦隊司令部に取り上げられて、ハワイ攻撃参加が決定されたのである。

この本の著者石川幸太郎氏が、いったいどの時点でこの作戦を知らされたかは明らかでない。しかし、ハワイへの出撃を知って、新たに日誌を付けることを決意したことは明らかである。それは、発売されたばかり（昭和十六年十月）の昭和十七年の自由日記の第一ページに、

「昭和十六年十一月十七日より認《したた》む。明十八日はいよいよ作戦地へ向けての晴れの征途に就くのだ」

と書き始めていることから理解できる。このとき著者は結婚したばかりであった。妻とはわずか二日の生活をしたばかり、入籍さえ済んでいないままの出撃なのである。何かを書き残さなければいられなかった、心の中の何物かが著者に日誌を付けさせることを思い付かせたのであろうか。

日誌に見られるように、ハワイ作戦は潜水艦に関する限り、完全に失敗であった。予想外に厳しい米軍の対潜哨戒に積極的な攻撃はできず、期待された甲標的は五隻ともすべて未帰還となってしまった。

「筒（甲標的）消息依然として不明なり」（十二月九日）

という一言に、待つものの苦痛があらわれている。伊一六潜は、ついに横山正治中尉、上田定二曹を収揚（収容）できなかったのである。

しかし、基地に帰投する伊一六潜に入る知らせは、太平洋全域で勝ち進む日本軍の戦果である。この大きな戦果は、潜水艦作戦の失敗を省みるべき作戦首脳部の気持ちを吹き飛ばしてしまったようだ。

それは帰国した伊一六潜を初めとする甲標的装備艦に対して、四月、シドニー湾やマダガスカル島のディエゴスアレス湾攻撃を命じたことから窺《うかが》えるのである。ハワイ作戦では、なんの確認もないままに甲標的は戦果を上げたと判断し、全艇未帰還という現実を考慮することなく、再び同じ作戦を命じたのであった。

昭和十七年四月十六日、柱島を出撃した伊一六潜には、新たに岩瀬勝輔少尉、高田高三二曹が甲標的搭乗員として乗り組んで来た。

五月三十一日午前零時過ぎ、「交通筒も閉鎖され、電話線も切断。そして二十七分、最後のメインバンドを切断。水中聴音器により筒発進を確認」したのである。

この作戦には、潜水艦一一隻、甲標的七隻が参加。結果は、事故で出撃できなかった伊二四潜の艇のほかは、トラック島付近で母艦伊二八潜もろとも撃沈された伴勝久中尉の艇を含み、全艇が再び未帰還となったのである。

これで甲標的が湾口攻撃にはとても使用できる兵器ではないことを知ったはずの作戦指導部であったが、驚くべきことにその事実に気がつかないのである。米軍のガダルカナル反攻が本格化するに及び、今度はガダルカナル島ルンガ泊地の米輸送船団攻撃の命令が下り、伊一六潜は、三度甲標的を搭載して出撃する。新たな搭乗員は、先のシドニー攻撃に際し、艇の爆発事故で出撃できなかった八巻悌二中尉、橋本亮一一曹であった。

日誌は、ガダルカナル島に進撃中の昭和十七年十一月五日、次の言葉で終わっている。

「これにて、ハワイ海戦以来の陣中日誌、一冊目を終る。……われ死なばもろともにこの世から没する運命にある。しかし、第二冊目を書き続けてゆかねばならない。運命の魔の手が、太平洋の海底に迎えに来るその日まで」

この後、著者の乗る伊一六潜は三回にわたって甲標的によるガダルカナル島米船団攻撃を行い、輸送船（アラヒバ六一八九トン）一隻撃破の戦果を上げた。次いで、ガダルカナル島に対する困難極まる物資の輸送作戦に従事したが、昭和十八年四月二日、作戦中に僚艦伊二〇潜と、海中衝突という希有《けう》の事故を起こし、四月十六日、修理のために横須賀に帰投している。

この日誌は、このときに家族に渡されたものと思われる。

著者は書き継いでいたであろう日誌を持って、戦場に向かったに違いない。そして、ある日、「運命の魔の手が迎えに来た」のである。おそらく最後の日も書き続けられていたであろう日誌とともに還らぬ人となったのである。

日本海軍の潜水艦は、日米開戦以前において、あるいは空母部隊よりも大きな期待を寄せられていた。それは、主力艦の決戦に先立って、進攻して来る米艦隊を、途中頻繁に攻撃を繰り返すことにより敵主力艦を減殺《げんさい》し、有利な決戦を行おうとしたためであった。

そのために日本海軍において潜水艦は独特の進歩を遂げ、乗員も世界最強の潜水艦部隊との自信を持って米海軍に挑んだのである。

しかし、現実は悲惨なものであった。作戦中は、数十日も太陽を見ることがない、わずかな機会を捉えて、甲板に出ると、

「何しろ何十日ぶりの太陽だ。上甲板に出たとたんに目まいがするようにクラクラして眉間《みけん》のところにジンジンと痛みを感ずる。……艦内に入るにもなるべく人より後れて入ろうとして、妙なところで互いに譲り合っている。太陽に接した時間正味八分ぐらい。それでも皆だいぶ日に焼けたと言って喜んでいる……」（十七年六月十七日）というありさまなのである。このような苦労に堪えて、黙々と任務についた結果は、行方不明、喪失、全員戦死だったのである。

開戦時六四隻を保有し、戦時中に一一六隻を建造した日本潜水艦であったが、そのうち、実に一二七隻が戦没したのであった。残存潜水艦の多くは老朽化して第一線の使用に堪えないものであるので、事実上は全滅と言ってよい状態であった。

これほど激しく徹底した敗北を喫したために、潜水艦戦の実態を知る資料は極めて少なく、特に本日誌の著者のように、特殊潜行艇の出撃を三回も体験した記録は、希有のものである（先に記したように、著者はおそらくあと二回甲標的の出撃を送っている）。しかも、まったく公表を意図していない記録であるために、インド洋通商破壊作戦などにおいて頻発した魚雷の不良、そして著者にとって、はなはだ攻撃精神に欠けると感じられた艦長に対しては、かなり激しい非難の言葉が書き連ねてある。

限られた情報に、一喜一憂する様も、戦後に整理された資料を揃えて書かれた記録では書き得ない生々しさを伝えている。

また、各所にたびたび書かれている妻、父等、家族に対する気持ちが、明日の命の保証のない生活の中で大きな比重を持っていたことが強く感じられる。死を名誉として出撃したハワイ作戦のときと比べると、ガダルカナル島に向かう昭和十七年十月十二日の日誌は、たんなる軍人の心だけでは割り切れないものを滲ませている。

「……来る十五日、いよいよ三度目の内地出撃だ。幾度か新たにせねばならないこの覚悟も、今度は幾分未練がある。すでにハワイにて捨てた命、再度インド洋、南アフリカに長らえての出撃だ。惜しかろうはずはない。ただ、わが世継ぎとして今月末に産れ来るべきわが子の顔、男か女か知らねども、わずかに十日ないし半月の違いで出産の報も聞かれずに征くのが心残りなのである」

まさに、人間の本心であろう。

これらあらゆる面において、本日誌はかけがえのない貴重な記録といっていい。そして、今後二度とこのような記録が書かれることはないと信じるゆえに、いっそう貴重なのである。

伊一六潜の最後の内地出撃は、昭和十九年二月二十六日のことであった。母港横須賀を出撃した伊一六潜は、米機動部隊を求めてトラック島東方洋上に向かった。以後、数回の出撃の後、五月十四日、ブインに対する物資輸送のために、トラックを出撃した。

しかし当時、日本の潜水艦の行動は、暗号解読によって米軍には筒抜けの状態だったのである。ただちに米軍は三隻の駆逐艦を伊一六潜の進路に配置、待ち伏せを行ったのである。五月十九日、目的地ブインを目前にして、伊一六潜は米艦に探知され、激しい攻撃を受けた。米駆逐艦は、新対潜兵器ヘッジホッグを使用し、五回の攻撃を行った。

老練な艦長、艦員は、必死でこの攻撃を躱《かわ》したが、引き絞られた罠からの脱出は不可能であった。遂に二回の命中音が確認され、次いで米駆逐艦は海底に大爆発音を聞いたのである。

歴戦の伊一六潜の最期であった。連絡が途絶えて約一ヵ月後の六月二十五日、伊一六潜は、ソロモン方面で沈没と認定され、昭和十九年十月十日、正式に帝国海軍における艦籍を除かれたのである。

（とだか　かずしげ　財団法人史料調査会　海軍文庫司書）

追記

本書は、単行本として一九九二年（平成四年）に初版が刊行された。当時私が解説を受け持ったが、この日記を読み進み、胸の詰まるような思いであったことを記憶している。

今回本書が文庫の形で再刊されることになり、貴重な資料が多くの人に読まれる機会を得たことに改めて喜びを感じている。

私としては、若かった頃の解説を読み、いくつか手を入れようかとも思ったが、私の言いたかったこと、そして、今も言いたいことは尽くされていると思い、そのままとさせていただいた。

二〇二一年十月

戸高一成

（呉市海事歴史科学館・大和ミュージアム 館長）

石川幸太郎年譜

石川純子作成

年号	年齢	事項
大正6(一九一七)年	1	1月11日、宮城県登米郡石森町字町61番地に、石川吉幸、ちよせの二男として生れる。二男三女の末っ子(長男は幼逝)。母、結核のため里子に出される。
大正9(一九二〇)年	4	7月14日、母ちよせ、結核で死去。里子先から祖父母(同町の母の生家)に引きとられ、そこで育つ。
大正12(一九二三)年	7	4月1日、同町尋常高等小学校尋常科入学。
昭和4(一九二九)年	13	このころ生家破産。父、長姉、岩手県宮古へ。
昭和6(一九三一)年	15	3月25日、同校高等科卒業。後に妻となる阿部うめのも同時に卒業。
昭和7(一九三二)年	16	祖父のもとで農業の手伝いをしながら、石森農業補修学校に通う。
昭和8(一九三三)年	17	5月1日、横須賀海兵団に入団(志願兵)。掌電信兵として、三ヵ月間訓練を受ける(四等水兵)。6月30日、第三十八期普通科電信術練習生として海軍通信学校に入校(三等水兵)。
昭和9(一九三四)年	18	4月28日、上記学校卒業。9月、大連市上陸、北支巡航。11月1

日、(二等水兵)。このころより、阿部うめのと文通始まる。

昭和10(一九三五)年　19

9月7日、大泊上陸。10月19日、父親と長姉が宮古から移り住んだ盛岡に帰省。11月1日、(一等水兵)。11月18日、第一期潜水艦講習員として、海軍水雷学校に仮入学。12月19日、水雷学校に派遣中のところ、復帰。

昭和11(一九三六)年　20

5月7日、盛岡から宮城県登米郡佐沼町西館に転居した父の元に帰省。8月1日〜11月2日、「伊三潜」勤務。11月8日、「伊七潜」に勤務(艤装)。

昭和12(一九三七)年　21

8月から「蒼龍」艤装員付として、翌13年5月まで乗り組む。その間、日支事変で広東沖まで出動。11月1日、(三等兵曹)。

昭和13(一九三八)年　22

7月、第六十期高等科電信術練習生として、海軍通信学校(高練)に入校。

昭和14(一九三九)年　23

1月、長女ルイ子生れる。2月、憲兵隊の呼び出しを受ける。3月13日、海軍通信学校(第六十期高練)卒業。15日、横須賀航空隊勤務。8月、3年ぶりの帰郷。9月24日、秋季皇霊祭の遥拝式。10月5日、北海道千歳海軍航空隊勤務。10月18日、樺太敷香海軍航空基地転属。

昭和15(一九四〇)年　24

2月13日、横須賀航空隊勤務。8月〜9月、トラック島、サイパン島出張。

昭和16(一九四一)年　25

1月〜2月、南洋パラオ島出張。2月、「伊一六潜」勤務(一潜隊)。10月1日、(一等兵曹)。11月15〜16日、休暇、阿部うめのと結婚、逗子に世帯を持つ。うめの、横須賀海軍病院勤務。11月17日より陣中日誌を書き始める。この日、「伊一六潜」乗員、亀山神社に武運祈願。18日、呉発、特別攻撃隊としてハワイ作戦に参加。12月7日、真珠湾攻撃前日、特殊潜航艇発進(横山正治中尉、上田定二曹)。12日、クェゼリンに帰還の途につく。21日、特殊任務のため、「伊一六潜」内地帰還決定。

昭和17(一九四二)年　26

1月4日、呉入港。7日〜11日、播磨灘において母艦千代田と連合訓練を行い、特殊潜航艇の研究演習に従事。1月13日〜2月6日、横須賀にて、整備、補給、休養。うめの入籍の件解決。2月7日、横須賀出港。11日、紀元二千六百二年の紀元節。安芸灘にて訓練、2月19日まで。3月19日、「伊一六潜」、伊一〇潜を旗艦とする第六艦隊第八潜水戦隊に編入。4月16日、第二弾の作戦地向け出港、マダガスカル島攻撃、インド洋通商破壊戦へ。26日、ペナン着。30日、ペナン出港。5月31日、特殊潜航艇をディエゴスアレス湾へ発進(岩瀬勝輔少尉、高田高三二曹)。6月5日、モザンビーク海峡において通商破壊作戦開始。6日、ユーゴスラビア船、6千トン級油槽船を撃沈。9日、ギリシャ貨物船四千八百トンを撃沈。12日、アフリカ大陸を見る。三、四千トン級のユーゴスラビア貨物船を撃沈。19日、甲先遣隊支隊一週間の撃沈商船14隻。21日、再びモザンビーク海峡における第二次通商破壊戦の指令。28日、第二次通商破壊戦開始。7月1日、スウェーデン商船を撃沈。8日、第二次通商破壊戦以来の甲先遣支隊の総撃沈数8隻。「伊一六潜」の撃沈が一番少ない。12日、第二次通商破壊戦を打ち切る。14日、突然、作戦命令の変更、通商破壊戦続行。20日、通商破壊戦終結。23～24日、セーシェル諸島のマヘ島偵察。8月1日、チャゴス諸島ディエゴガルシア島偵察。9日、ペナン入港。13日、ペナン出港。26日、横須賀着。8月27日～10月12日、各部艦体兵器の故障修理入渠。この間、休暇で帰省。10月17日、第三次横須賀出撃、ソロモン海域へ。22日、トラック島入港。次女純子生れる。25日、ソロモンの戦場に急行。11月1日、乙潜水部隊より除かれ甲潜水部隊に編入。伊二〇、伊二四を部下とする指揮官旗艦として特殊潜航艇を搭載してガダルカナル島攻撃。この日、（上等兵曹）。5日、陣中日誌、一冊目了。11日、特殊潜航艇発進（八巻悌二中尉、橋本亮一上曹）自沈。27日、特殊潜航艇発進（外弘志中尉、井熊新作二曹）消息不明。12月2日、トラック島着。13日、特殊潜航艇発進（門義視中尉、矢萩利夫二曹）自沈。18

日、トラック島着。乙潜水部隊に編入。

昭和18（一九四三）年　27

1月6日、トラック島発。9日、ショートランド島着。11日、ショートランド島よりガダルカナル島輸送。13日、カミンボ輸送。15日、ショートランド島着。18日、トラック島着。23日、ショートランド島着、即日出港してガダルカナル島輸送。26日、ガダルカナル島南方の散開配備に就く。2月7日、エスピリッサント方面に向かう。26日、トラック島着。3月22日、トラック島発、ラバウルに進出。4月1日、ラエ輸送。帰途の2日、伊二〇潜と水中接触、損傷を受く。9日、トラック島着。4月16日、修理のため横須賀入港。鎌倉にて最初で最後の家庭生活。9月21日、第四次横須賀出撃、ソロモン海域へ。妻うめの、宮城県登米郡佐沼町西館に疎開。27日、トラック島着。10月6日、ラバウルへ。11日、ラバウルを基地として輸送に従事。17日、シオ輸送（以後11月20日まで三回）。11月2日、第八十五警備隊三十名揚陸。30日、ウエワク着、即日出港。12月25日、ラバウルにて被爆損傷して同地を発つ。

昭和19（一九四四）年　28

1月2日、修理のため横須賀入港。帰省、家族との最後の別れ。2月26日、第五次横須賀出撃、ソロモン海域へ。29日、長男弘義生れる。3月5日、トラック島着。トラック島勤務の親友小林長作氏と会う。17日、米機動隊邀撃のため出撃、トラック島南東海面の配備へ。22日、マーシャル東方海面進出。4月19日、サイパン着。5月3日、トラック島着。5月14日、トラック島発、ブイン輸送。出撃後、消息不明。5月19日、「伊一六潜」と共に没す（兵曹長）。米側資料には「情報によりブイン北東海面に待ち伏せていた三隻中の米護衛駆逐艦イングランドが、ソーナー探知。ヘッジホッグ攻撃で命中音二回。その後、大爆発」とある。6月25日付でソロモン群島北西海面にて戦死の公報。

（職員の配置）

潜水艦長

〜17・12・19	山田　薫
17・2・19〜19・2・15	中村　省三
19・2・15〜19・6・25	竹内　義高

水雷長

〜17・1・15	森永　正彦
17・1・15〜18・4・15	牧野　武男
18・4・15〜19・1・31	宇田　恵泰
19・1・31〜19・6・25	近藤　信孝

航海長

〜17・9・5	早川　清
17・9・5〜18・1・25	松田　竜生
18・1・25〜18・11・10	清水　正
18・11・10〜19・4・20	馬場　幸一
19・4・20〜19・5・7	真山　孝也
19・5・7〜19・6・25	千本木　義雄

乗組

〜17・1・2	坂本　道二
17・1・2〜18・1・25	清水　正
18・1・25〜18・11・1	浜崎　光家
18・11・1〜19・6・25	東　襄

機関長

〜17・9・10	河野　克次
17・9・10〜18・6・15	黒磯　武彦
18・6・15〜18・7・7	高橋　邦義
18・7・7〜18・12・27	小野　正男
18・12・27〜19・6・25	戸田　馨

乗組

〜17・9・15	小泉　豊蔵
17・9・15〜18・6・10	時　忠俊
18・6・10〜19・4・5	吉永長　四郎
19・4・5〜19・6・25	平山　信男

（殉職者）昭和19・6・25　於ソロモン

中佐	竹内　義高	広島
少佐	千本木義雄	群馬
同	近藤　信孝	長野
同	戸田　馨	福岡
軍医少佐	岩月　愛躬	長野
大尉	東　襄	福井
同	平山　信男	鹿児島
少尉	加藤　音吉	千葉
同	大江　孔	茨城
同	曽根　広次	静岡
同	田中福太郎	長野
兵曹長	大橋犂喜夫	茨城
同	後藤　春平	静岡
同	桜井　英夫	長野
同	相沢喜久雄	宮城
同	石川幸太郎	同
同	平間源四郎	同
同	菊池　正八	岩手
兵曹長	横山冨久治	秋田
同	三輪　武夫	北海道
機関兵曹長	岩部　茂	埼玉
同	井村　義雄	長野
同	松野　耕作	福島
同	佐々木正治	秋田
同	大野　喜章	北海道
同	土肥辰次郎	同
同	池田　末永	同
上等兵曹	長田　一夫	千葉
同	飯塚利一郎	同
同	本多　三好	群馬
同	目黒　輝男	栃木
同	若菜　国次	同
同	藤井　重雄	静岡
上等機関兵曹	古谷　茂	東京
同	佐藤　金蔵	神奈川
同	室井　義雄	栃木
同	菊地　勝	同

上等機関兵曹	亀和田幸吉	栃木
同	田上五郎	茨城
同	法月三平	静岡
同	上妻七郎	福島
同	菅原正治	岩手
同	渡辺司郎	北海道
同	佐藤亮一	同
上等工作兵曹	石井七五郎	東京
同	佐藤幸雄	岩手
上等主計兵曹	平野新太郎	東京
一等兵曹	飯田剛	同
同	加藤政之助	埼玉
同	仲田弘平	茨城
同	鈴木源太郎	静岡
同	青木平吉	同
同	小池本	長野
同	大沼清二郎	宮城
同	金本英雄	同
同	多田実	岩手

一等兵曹	宮脇博治	北海道
同	髭右近忠雄	同
同	渡正雄	樺太
一等機関兵曹	岩沢満	神奈川
同	露木実	同
同	田村金太郎	千葉
同	野口三郎	同
同	高野清	埼玉
同	箕輪勲	茨城
同	及川清二	宮城
同	相原六二	秋田
同	東光雄	北海道
同	塩田数雄	千葉
一等主計兵曹	小林定夫	埼玉
二等兵曹	中村竜二	東京
同	下村正人	同
同	西沢定義	同
同	田中裕	同
同	押切清	神奈川

二等兵曹	篠塚勝三郎	埼玉
同	渋沢　真益	群馬
同	佐藤　良助	栃木
同	早乙女民治	同
同	中山　正司	同
同	岩和田　清	茨城
同	北沢　恒幸	長野
同	小林　平八	同
同	駒津壮寿老	同
同	木田　公	福島
同	鈴木　金重	同
同	早坂　信也	宮城
同	熊谷丈右衛門	岩手
同	岩崎　源吉	同
同	樋口　芳栄	北海道
同	絹見　友治	同
同	京原　和男	同
二等機関兵曹	宮崎　博光	東京
同	菅谷　精司	千葉

二等機関兵曹	斎藤　愛明	群馬
同	大橋　唯男	栃木
同	美留町　清	茨城
同	久下沼滋男	同
同	大吉　伊平	同
同	山下　康雄	静岡
同	若林　守	長野
同	鈴木　正彦	福島
同	佐々木　諄	宮城
同	菅原　一雄	同
同	木村　忠夫	青森
同	藤本　真一	北海道
二等主計兵曹	篠原　好夫	栃木

（『日本海軍潜水艦史』より）

潜水艦伊16号（丙型）

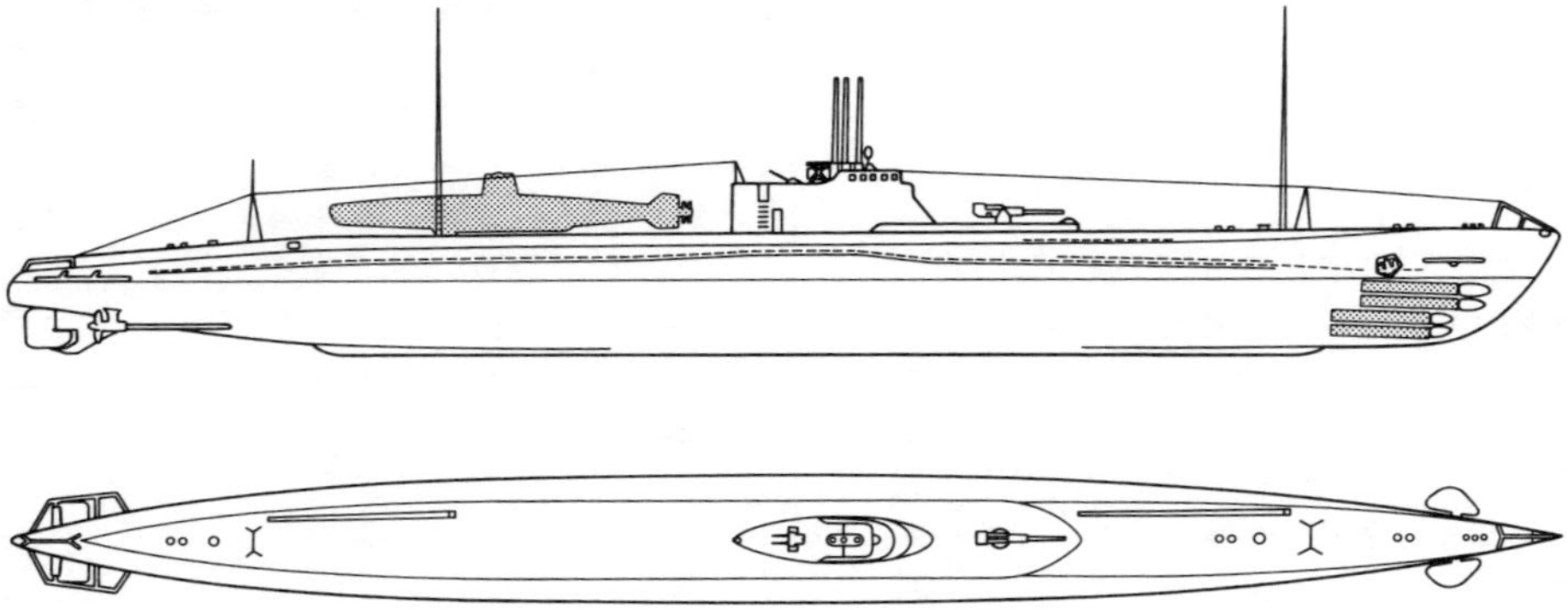

潜水艦伊16号主要要目一覧表

等級 艦型	基準排水量（屯）	最大幅 全長	速力 水上/水中（節）	航続距離 水上/水中（節浬）	兵装		安全潜航深度	乗員数
					雷装	砲装		
一等潜水艦 丙型	2,184	9.10 109.30	23.6 8.0	16－14,000 3－60	B－8（20本）	14 c/m ○×1 25 m/m ○×1	100m	107 （沈没時）

B＝艦首発射管　○＝単装　○＝連装

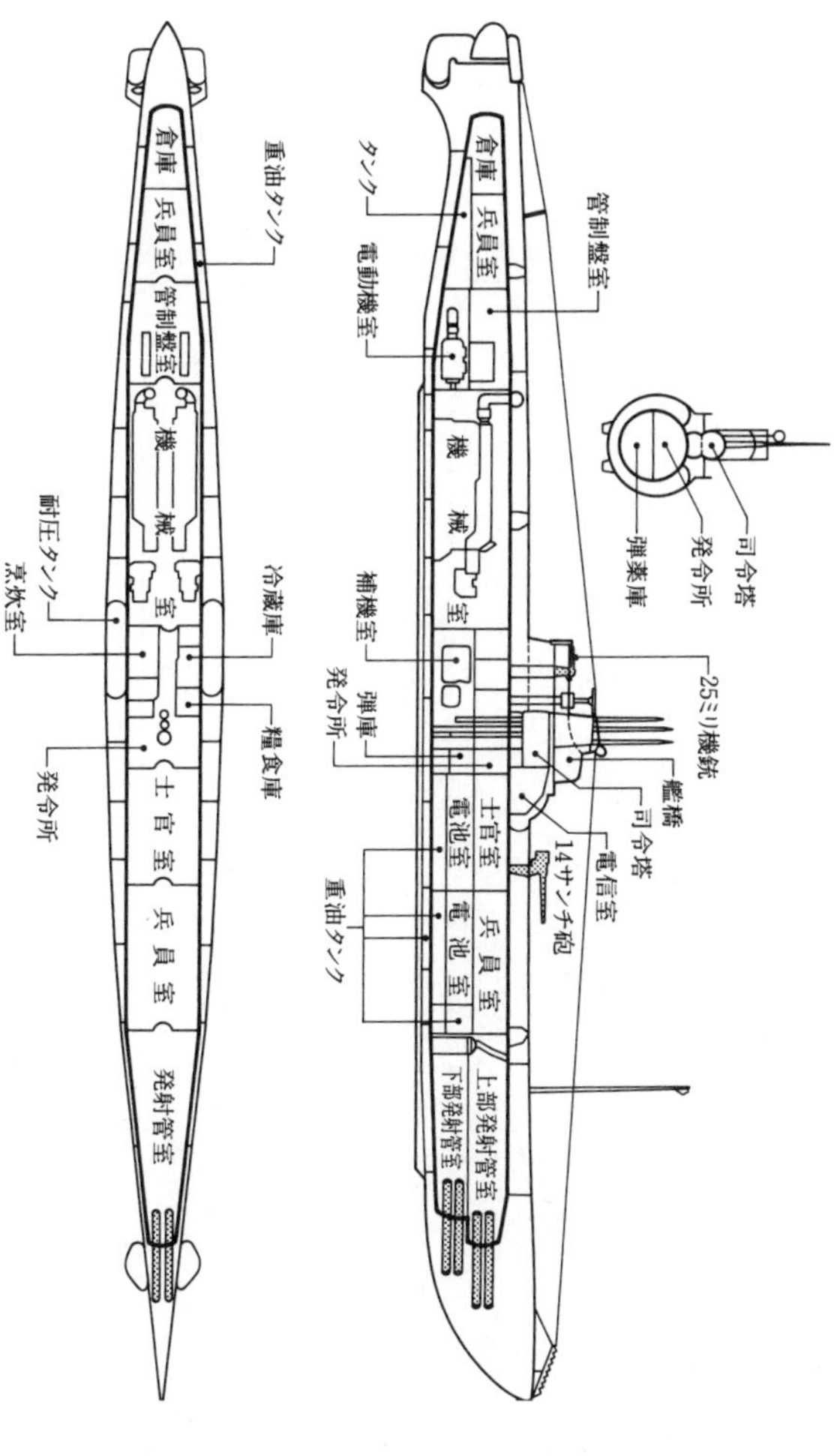

潜水艦伊16号（丙型）一般配置図

ハワイ真珠湾攻撃先遣部隊編成表

区分	指揮官		兵力	配備	任務
旗艦	第六艦隊司令長官		香取	クェゼリン	全般作戦指導
第一潜水部隊		第一潜水戦隊司令官	第一潜水戦隊（伊九、一五、一七、二五潜）	オアフ島北東海面	機動部隊掩護 敵出撃部隊邀撃
第二潜水部隊		第二潜水戦隊司令官	第二潜水戦隊（伊七、一、二、三、四、五、六潜）	オアフ島、カウアイ島間及びオアフ島、モロカイ島間	奇襲、監視
第三潜水部隊		第三潜水戦隊司令官	第三潜水戦隊（伊八、七四、七五、六八、六九、七〇、七一、七二、七三潜）	オアフ島南方海面 一艦を空襲当日ニイハウ島付近	奇襲、監視 ラハイナ泊地の事前隠密偵察 機動部隊不時着機人員収容
特別攻撃隊		第一潜水戦隊司令官 第三潜水隊司令	伊一六、一八、二〇、二二、二四潜	オアフ島南方海面（第三潜水戦隊の内方）	特殊潜航艇による奇襲 奇襲、監視
要地偵察隊		各潜水艦長	伊一〇、二六潜	ハワイ及び米本土間	南太平洋方面及びアリューシャン方面の要地偵察
補給部隊		各特務艦長（監督官）	隠戸、東亜丸、新玉丸、第二天洋丸、日立丸、富士山丸	内地又はクェゼリン	補給

ハワイ真珠湾攻撃機動部隊編成表

第一航空艦隊
　指揮官＝第一航空艦隊司令長官・南雲忠一中将
　参謀長＝第一航空艦隊参謀長・草鹿龍之介少将
第一航空戦隊（指揮官＝第一航空艦隊指揮官直率）　赤城　加賀
第二航空戦隊（指揮官＝第二航空戦隊司令官・山口多聞少将）　蒼龍　飛龍
第五航空戦隊（指揮官＝第五航空戦隊司令官・原忠一中将）　瑞鶴　翔鶴
第三戦隊（指揮官＝第三戦隊司令官・三川軍一中将）　比叡　霧島
第八戦隊（指揮官＝第八戦隊司令官・阿部弘毅少将）　利根　筑摩
警戒隊（指揮官＝大森仙太郎少将）　阿武隈
　第一七駆逐隊＝谷風　浦風　浜風　磯風
　第一八駆逐隊＝不知火　霞　霰　陽炎　付属＝秋雲
哨戒隊（指揮官＝今和泉喜次郎大佐）　伊一九潜　伊二一潜　伊二三潜
補給隊
　第一補給隊　極東丸　健洋丸　国洋丸　神国丸
　第二補給隊　東邦丸　東栄丸　日本丸

＊本書は、一九九二年に当社より刊行された著作を文庫化したものです。
＊単行本に掲載されていた「潜水艦伊一六号乗組員戦友会名簿（平成四年十一月現在）」は文庫版では割愛させていただきました。（編集部）

草思社文庫

潜水艦伊16号 通信兵の日誌

2021年12月8日　第1刷発行

著　者　石川幸太郎
発行者　藤田　博
発行所　株式会社 草思社
〒160-0022　東京都新宿区新宿1-10-1
電話　03(4580)7680(編集)
　　　03(4580)7676(営業)
　　　http://www.soshisha.com/

本文組版　有限会社 一企画
本文印刷　株式会社 三陽社
付物印刷　株式会社 暁印刷
製本所　加藤製本 株式会社
本体表紙デザイン　間村俊一

ISBN978-4-7942-2552-8　Printed in Japan

草思社文庫既刊

ジョン・J・ゲへーガン　秋山勝＝訳

伊四〇〇型潜水艦最後の航跡（上・下）

攻撃機三機搭載、無給油で地球一周半できる世界最大の潜水空母「伊四〇〇」。山本五十六発案の極秘兵器はいかに開発され、どのような悲劇を迎えたか。その全容を日米双方の資料・取材で緻密に描く。

惠 隆之介

敵兵を救助せよ！

駆逐艦「雷」工藤艦長と海の武士道

1942年のジャワ・スラバヤ沖海戦後、海上には撃沈された英軍将兵が漂流していた。駆逐艦「雷」の工藤艦長は422名の敵兵救助の決断を下す——。日本海軍の武士道精神を物語る、感動の史実。

赤羽礼子・石井宏

ホタル帰る

「小母ちゃん、死んだらまだ小母ちゃんのところへ、ホタルになって帰ってくる」大戦末期、鹿児島・知覧の軍の指定食堂で特攻隊員たちを親身に世話した鳥浜トメの姿を娘の礼子が自らの体験を交えつつ語る。

草思社文庫既刊

鳥居 民
鳥居民評論集 昭和史を読み解く

太平洋戦争前夜から敗戦までの日本の歩みを膨大な資料を収集、読破したすえにたどり着いた独自の視点・史観から語る。歴史ノンフィクション大作『昭和二十年』未収録のエッセイ、対談を集めた評論集。

鳥居 民
昭和二十年 第1～13巻

太平洋戦争が終結する昭和二十年の一年間、何が起きていたのか。天皇、重臣から、兵士、市井の人の当時の有様を公文書から私家版の記録、個人の日記など膨大な資料を駆使して描く戦争史の傑作。

渡辺惣樹
誰が第二次世界大戦を起こしたのか
フーバー大統領『裏切られた自由』を読み解く

第三十一代米国大統領フーバーが生涯をかけて記録した大戦の真実とは？ 半世紀にわたって封印されていた大著『裏切られた自由』を翻訳した歴史家が、同書を紹介しながら新解釈の「第二次世界大戦史」を提示する。

草思社文庫既刊

前間孝則
技術者たちの敗戦

戦時中の技術開発を担っていた若き技術者たちは、敗戦から立ち上がり、日本を技術大国へと導いた。零戦設計の堀越二郎、新幹線の島秀雄など昭和を代表する技術者6人の不屈の物語を描く。

前間孝則
悲劇の発動機「誉」

日本が太平洋戦争中に創り出した世界最高峰のエンジン「誉」は、多くのトラブルに見舞われ、その真価を発揮することなく敗戦を迎えた。誉の悲劇を克明に追い、日本の大型技術開発の問題点を浮き彫りにする。

前間孝則
戦艦大和誕生（上・下）

世界最大の戦艦大和の建造に至るまでの全容を建造責任者であった造船技術士官の膨大な未公開手記から呼び起こす。終戦前に悲劇の最期を遂げた大和、しかし、その技術は戦後日本に継承され、開花する——。

草思社文庫